천년의 시 0087

민달팽이의 노래

천년의시 0087

민달팽이의 노래

1판 1쇄 펴낸날 2018년 11월 5일
지은이 안성길
펴낸이 이재무
책임편집 박은정
편집디자인 민성돈, 장덕진
펴낸곳 (주)천년의시작
등록번호 제301-2012-033호.
등록일자 2006년 1월 10일
주소 (03132) 서울시 종로구 삼일대로32길 36 운현신화타워 502호
전화 02-723-8668
팩스 02-723-8630
홈페이지 www.poempoem.com
이메일 poemsijak@hanmail.net

안성길ⓒ, 2018, printed in Seoul, Korea

ISBN 978-89-6021-396-8
     978-89-6021-105-6 04810(세트)

값 9,000원

*본 도서는 울산광역시 울산문화재단 2018 예술창작발표지원 사업의 일환으로 발간되었습니다.

민달팽이의 노래

안 성 길   시 집

천년의
시작

시인의 말

한때 눈 안에 고여 드는 모든 것들 뜨거운 숨비소리에 가슴 벅차 시 쓰기 시작했다. 허나 많은 날들 그 아름다운 순간 놓아버리고 살았다. 불명의 외로움에 시달리던 어느 날, 몸이 이 별에서의 마지막 종소리 듣고서야 허겁지겁 되찾아 헤맨다. 부디 한 소절이라도 온전히 베껴 적었기를……
언제나 빈사인 나, 그런 나의 언덕, 아내 심말선 고맙다.

2018년 어느 가을날 달천철장 서재에서
안성길

차 례

시인의 말

제1부

제3부

제5부

해 설

일러두기

이 시집의 본문 가운데 일부는 저자의 뜻에 따라 현행 한글맞춤법
및 본 출판사의 표기 원칙과 다르게 표기했음을 미리 알립니다.

제1부

방어진 바다

마음 끝까지 키를 세우네 일어서네 그대
일어서서 참으로 빈 마음일 때 아아 몸 눕히네
그대 더운 몸 눕히네
해종일 그리운 언덕은 안중에도 없는지
발아래
발바닥 아래
소금으로 드러누워 반짝일 뿐이네

봉두난발 일상을 향해
젖은 발 하나 들어 올리면
매운 발바닥 선한 얼굴이
핏발 선 나를 가만히 보네
핏발 선 내가 가만히 보네

볼수록 순순한 소금빛 지느러미들
그러나 그대 말하지 않네
일몰이면 왜 이리 무수한 칼날로 나를 덮치는지
그대 말하지 않네
깜깜할수록 더욱 눈부실 뿐이네.

연꽃동백 꽃물 들쓰고

아파트 화단 봄비에 몸살 앓는
연꽃동백 아랫도리
누가 분갈이 끝에 내다 버린
흙더미 스며들어 출가한 난초 한 분
향 어린 동백 가지 그늘로 몸 가리고는
아직 동안거라 그런지
따끔따끔 꽃샘에도 묵언수행 중이다
행색은 적수공권 납자지만
안온한 삶 끊은 그 마음 이미 부처다
참으로 부처로구나 하는데
누더기 걸랑에 꽃대 하나 얼핏 보여
요 며칠 눈치 보다
조심조심 양지로 옮겼더니
정성이 괘심했던지
아나 하고 향낭 하나 끊어 던지며
통성명하자신다
그게 너무 황감했던지
썩은 감자 자루 같은 몸이며 얼굴
얼김에 연꽃동백 꽃물 들쓰고
오후내 화끈화끈하다.

어느 스승의 날에

버스 내리자 잔걸음 치는데 누가
용심부리듯 엉기던
내 그림자 불쑥 말리고 선다

설핏 보니 중학 검정반 엄마 한 분
손 내저으며 쌤요, 쌤요,
쫌 천천이 가소 소매 낚아채고는
책가방에서 까만 봉다리 꺼내 쥐여주며
농약 하낫도 안 쳤심더, 잡사보소
뭐 이런 거로 다아 얼결에 받아들자
숨넘어가던 얼굴 보름달처럼 환하다
수업 마치고 보니 솜털 뽀송한 오이 둘
부끄러워 고개 외로 꼰 토마토 몇
점심으로 먹는데
나만 보면 아이고 내 강새이
쪼글쪼글 환해지시던 외할머니 생각
콧등이고 가슴이고.

샘골 스피노자

샘골* 마른 습지 텃밭 일군다
이제 곧 봄비 내려 물 차오르면
가물가물 가라앉을 두세 뼘 땅뙈기
무릎 꿇고 잔돌 골라내고
고랑 세우는데 누가 한마디 보탠다
할배 거어는 금방 물구디** 될 낀데요
내도 안다카이,
그래도 사는 날꺼정은
뭐라도 하매 살아야 안 되겠나
한때는 80cc 스쿠터에 경상도 마누라 태우고
속초서 깃발 날리던 별상사
손주 보러 이남 끝까지 밀고 와
그만 코 꿰인 6·25 참전 유공자
날 궂을 때면 나가던 경로당 친구와
심심풀이 화투 끝에 들이킨
탁배기 태화루*** 한 보시기
밥알처럼 섬처럼
롤링과 피칭 어지럽던 말년에도
험한 세상 웃기만 하던 사람
정든 살림 두고 온 옛집 뒷간

명자나무 꽃보다 더 붉게 핀 얼굴로,

비록 맹이 낼 모레 이케도

사람이라 카는 짐승으는

언 땅 녹으면 흙 뒤져 고랑 짓고

씨 뿌리는 기 맞능기라……

술기운에 중얼중얼 비틀대던 말꼬리가

오후내 흙살 먹던 호미 날 물고

사금파리처럼 빛난다.

* 샘골: 울산광역시 북구 천곡동泉谷洞.

** 물구디: 물구덩이.

*** 탁배기 태화루: 막걸리−동동주. 울산광역시의 전통주.

**** 맹: 명命.

예쁜 글씨 쓰기

울산 중구 평생학습박람회
외솔 한글 쓰기 예쁜 글씨 대회장
시집올 때처럼 수줍게 앉아
몽당연필에 침 발라 쓰듯 손가락에 힘 주신다

연분홍 새색시 적부터
고개 한 번을 지대로 못 들고, 지금껏
남편에 자식에
시난고난 아리랑 고개 넘어
칠십 줄 들고서야 겨우 한숨 돌렸다는
순덕 어머니, 난생처음 내 손으로
학교 문 열고 들어와 배운 한글로
'김춘수의 꽃' 쓰신다

때 없이 시린 눈 양파 같은 살림
터앗에서 잔파 다듬듯 토닥토닥
천 길 가슴속 물결마저 재우고

'내가 그의 이름을 불러준 것처럼
나의 이 빛깔과 향기에 알맞은

누가 나의 이름을 불러다오.'

가로획 세로획 목도장에 꽃잎 깎듯
긋기 마치고는 만면에 우물가 분꽃 같은
석양 발그레하니 번지는데

그 물결 건너며 자꾸 발목 잠기는 나는

'그에게로 가서 나도
그의 꽃이 되고 싶다.'

솔거미술관 가서

태풍 고니 오던 날
경주 솔거미술관 갔다가
벽 중앙을 들어내고
통유리 놓은 창 앞에 서는데
드러난 벽의 내부가
그렇게 투명할 줄 미처 몰랐습니다
언젠가 교동 옛집 바람벽
제삿날 적어둔 달력 걷어내자
살아생전 어머니 서휘 볼 때마다
화안하던 얼굴 비치던 벽
그 표정을 따라 읽으며
안이 자꾸만 밖으로 넘실거렸지요
바람에 쏟아져 들어오던 계림지
쓸듯이 붓질에 여념 없는 맨발의 솔거
둥글게 번지는 하늘문 너머
저 피안으로 성큼 배 대는 사람 보았습니다
사각의 테두리 빠져나간 풍경의 바깥에서
비로소 따뜻한 풍경이 되는
그 사람을 보았습니다 아, 그때
대원기공 프레스 알루미늄 작업반 시절

돈 되는 제품으로 다들 빠져나가고
공장 모퉁이에 켜켜이 쌓이던
알루미늄 기리빠시*들이
저희끼리 탑을 쌓아
저무는 햇살에 끝도 없이
무지개를 쏘아 올리며
반짝거리던 생각났답니다
여기 서 보면,
버려지거나 우회하는 것들
저 뜨거운 중심 다 보이네
화안하네.

* 기리빠시: 자투리(키레빠시, 切れ端). 일본어 잔재. 프레스 현장에서 흔
  히 쓴다.

실금 하나

길모퉁이 개업 화환 지나다 무심코
몸 성한 장미 몇 송이 뽑아 안고 집에 와
싱크대 발코니 구석구석 꽃병 뒤지다
오래전 미나리 싹둑 한 몸통 담았던
청태며 실뿌리 잔상들 떡으로 엉긴 유리 그릇
보자마자 쪼그려 앉는다
쇠 수세미로 벅벅 물때 밀어내는데
실뿌리 하나 끝끝내 버팅긴다
몇 번이나 물 씻고 들여다보니
어느 틈에 손톱무늬 실금으로 진화했다
연두색 미나리 순
주체할 수 없이 부풀어 오르던
한 시절은 앙가슴 꼭꼭 눌러 두고
물러앉아 부산하던 몸 가라앉고 가라앉으면
이처럼 마음 단단하게 오그릴 수 있구나
물 담아 거실장에 올려놓는데
꽃대 아래 실금 하나 저 혼자 달떠서
초승달 뗏목처럼 찰랑찰랑 서으로 가네.

대추

잊혀진다는 것이 저토록
깜깜한 일이구나
먹먹하게
때로는 그윽하게
안과 바깥
서로의 경계 허무는 일이구나
검정 비닐봉지 속
불명의 나날들이 이리 뜨겁게
안으로 안으로 걸어 들어가는 것이구나
스스로 동여매는 것이구나
모두 풀어버리는 것이구나
나도 모르게 내가
저리
달콤해지는 것이구나.

빈집

그들만의 낙원인 줄 알았는데

연두색 수초 사이로

김광석을 들으며

사십 넘으면 오토바이 타겠다던

그는 불혹 언저리도 못 가서

'먼지가 되어*' 바람에 날려 버리고

그가 없는 동안

추가 소독 기다리다

열쇠를 경비실에 맡기고

운동 갔다 온 사이

천오백 원 이천 원 혹은 그보다 더 많은

제 몸값보다 훨씬 빛나던 아이들이

시름시름 널브러졌다

내가 한 번도

그 이름 부르려 하지 않았던

고도비 네온테트라 레인보우 레드 플래티

제 새끼 먹는 황당한 구피까지 모두들

앉은뱅이책상에

하얗게 질린 채 엎어져 울고 있는

『흔들리지 않고 피어나는 마흔은 없다』**를

빠안히 건너보며

투명한 정육면체 아름다운 정글 속

통통한 배 뒤집어 싸안고

사투를 벌였을 섬들이

저 캄캄한 우주 어디론가 어쩌면 내게로

자꾸만 굳어오는 꼬리지느러미로

SOS 모스 부호를 가빠오는 호흡을

유리벽 쥐고 껴누르며 부서져라 두들겼을

아이들 생각하면

내가 추가 소독이

얼마나 미운지 모르겠다 아내는

말 못 하는 애들이 말도 못 하는 애들이……

말도 다 못 하고

그렇게 집이 빈 후

플라스틱 수초 사이로

집을 등짐 진 물달팽이만

김광석을 들으며

몇 번이나 새 물 갈아도

집은 물달팽이 차지

마침내 아내는 집이 비좁다며

거실 잡지에 도끼눈이지만

아마 모르긴 해도

메가마트나 홈플러스에서

천오백 원 이천 원 혹은 그보다 더 많은

제 몸값보다 훨씬 빛나는

아이들 데려올 것이다 아내는

빈집 속 정육면체 홀로 아름다운

정글은 견디지 못하니까

지천명 넘기면서도 김광석을 듣는다

나는 오토바이 탈 줄도 모르는데

다시 또 섬 같은 빈집

열쇠 맡기고 운동 갈 수 있을까 나는.

* 「먼지가 되어」: 김광석의 노래에서 따옴.

** 『흔들리지 않고 피어나는 마흔은 없다』: 정신건강의학과 전문의 김병
  수 교수 저서. 중년의 사춘기를 겪는 이들을 위한 심리 처방전.

빈 잔을 만나다

지리산 천은사泉隱寺 삼성전을 오릅니다. 봄날 꽃안개 사이로, 쌍계별장 목련들이 봉긋한 지분 내음에 제 먼저 달뜨는데, 화개 작설 한 잔 오래오래 마시던 걸음입니다. 손끝의 매운 먼지는 산문을 지나며 다 씻어버렸건만, 모래알 빼곡한 몸은 어쩌질 못해, 삼성전이 빠안한 거리에서 소갈증에 허덕입니다. 아직 비질 자리가 선명한 마당 한 켠 음수대는 꼭지마다 하나씩 물컵을 매달고, 부산한 아침 햇살에도 태연자약 졸고 앉았습니다. 나일론 끈에 묶여 가지런한 물컵들. 묶인 그들은 하나같이 비어있습니다. 빈 물컵 가득 서늘한 마음을 채워 단숨에 들이킵니다. 다시 비어있는 물컵을 봅니다. 묶여 있는 물컵마다 가득가득 차오르는 햇살을 봅니다. 내일의 출근에 떠밀려 하릴없이 돌아서는 발걸음은 작은 돌부리마다 엉겨 붙습니다. 몇 개의 산모롱이를 돌다 해묵은 작설 한 봉을 삽니다. 김해군 한림면 천태산 자락, 박병출 시인詩人이 정초에 보내온 무문 다기茶器 일습이 산문을 나설 때 설핏 떠올라서입니다. 불혹의 동맥경화를 걱정하며 아둥바둥 잔을 채우던 내가 애처롭습니다. 허허실실한 그의 마음을 이제라도 깨달아서 다행입니다. 비어있는 잔의 아름다움을 만난 오늘은 정말 행복합니다.

흐르는 강물처럼

나 이제 산 너머 산 보이네
몇 개의 햇살에
소곤소곤 귀 세우는 동천강 가슴팍
걷은 소매 풀어 내린 지도 오랜 들녘이
잠을 청하고
그 너머 앞산 선한 속눈썹마다
물살 이는데
강둑 달맞이꽃 빈 대궁이
때아닌 싹 틔우네
알전등 무늬 불빛 한 점 없어도
강의 따스한 동심으로 발 돋우는 별처럼
풀씨마다 둥근 물소리 엿듣는 그대여
늙은 물관부 그득
청푸른 잎사귀 꿈꾸는 달맞이꽃은
십일월 삭풍 잊은 것이 아니네
달덩이 같은 첫사랑 못 잊어서도 아니네
흘러오고 흘러가는
저 강물처럼
그저 산 너머 산 보이기 때문이네.

해 저무는 개운포에서

1
그래 그런가
어머니 오장육부 다 헐어 주신
내 몸 언제나
서포 다평 앞바다 뻘 내 나고
내 영혼 구석구석 해종일 용솟음치고
무쇠 방죽을 으스러져라 몸 던지는
시퍼런 핏줄 피톨마다
아버지 통영 당동 운하교
판데목 물살 거스르는 등 푸른 배들
그 칡뿌리 같은 기관음
무시로 쿵쾅거린다

2
그래 그런가
모두가 송곳처럼 직립하는 산맥보다
숨 붙은 것들마다
가물가물 끝 간 데 없이
다닥다닥 붙어 사는 수평선같이
저리 정겹고 아늑한

갯가에 서면 영락없이 나는
심장 터져나간다

3
그래 그런가
그 옛날 태화루 옛터
시름없이 흘러가는
강물 그윽이 바라보던
내 고향 강정은 이제 희미하지만
아직도 내가 흘리는 땀방울마다
강정 새미 서늘하고 달콤한
물푸레나무 두레박물 내음 나고
그 새미 물 함께 먹고 살던
새미 지킴이 궁자의 고향 바다
얘기할 때마다
가슴 부풀어 어쩔 줄 모르던
골목 흙강아지들 다 그리운데

4
그래 그런가

소문에 몇몇은 벌써

태초에 떠나온 그곳 심해로

서둘러 돌아가고

나 또한 얼마 후면

그 뒤 따르겠지만

나 갈 때는

일생이 오로지 수직이던

저 십리대숲 혼신으로 빠져나온

청 댓잎 쪽배 하나

어깨동무하고

저물 무렵

개운포 앞바다

함께 닻 묻어놓고는

고즈넉한 풍경 물 들어

누렁 호박 앉은자리서 물러앉아

바글바글 수많은 미물과

몸 나누듯

그렇게

펑퍼짐하게 잠들고 싶다.

제2부

어머니의 사진첩

세상 모든 것은

몸에서 떨어져 나가는 순간

사진이 된다

시간의 물너울 밖으로 밖으로

떠밀려 나가다 어느 순간

거실 구석 갈앉은 먼지처럼

오래오래 풍경으로 남았다가 상처의 딱지처럼

아무 것도 기억하지 못하게 될 때

비로소 우리네 뜨거웠던 삶이 된다

바랜 사진첩으로 남은

어머니 깨꽃 같은 젊은 날 보며

이렇게 무언가를 하염없이 그리는 순간순간들이

완전 평면의 오랜 저것과 같다는 생각을 하다

저 탈색된 몇 장 사진이

내가 처음 떠나온

그 뜨겁고 고요한 세상임을 알겠다.

삼천포에서

어머님 장택 고씨 살아생전 꿈으로나 밟던
삼천포시 서포면 다평리 보이네
오로지 방 한 칸 지상의 생애 가만가만 접던 날
끝끝내 가 닿지 못한 바다 삼천포도 저물어
나물섬 방아섬 개섬 딱섬
별학도 월등도 징검징검 건너면서
뭍으로 뭍으로만 길을 내던 그 하염없는 그리움도 접었을까
그날처럼 세상의 꽃나무들 다 비에 젖는
이 봄날 오후
화약내 풀풀대는 일상은 저만치 밀쳐 두고
그 바다 그 섬들 화안이 보이는 노산 언덕에 서서
봉긋한 살 비린내로 몸 달은 바다 보네
무시로 생각을 헤살 부리는 소소리바람에
속절없이 흩날리며 언덕길 자옥이 널브러지는
물 젖은 그리움 한 잎 주워 가슴에 묻네
꽃나무마다 지등紙燈을 켜고 사람을 부르는 해 질 녘
나는 노산魯山 언덕에 서서 삼천포 바다로 저무네.

아내를 기다리며

아름다운 청년 전태일을 본다. 지난밤까지 샤론 스톤의 허리 수시로 자지러지던 그 입간판에 덧칠로 완성된 그의 생애를 본다. 힐끔힐끔 떨어지는 바람을 쓸며, 일제히 스크럼을 짜고 달려오는 토요일 오후 첫 상영의 버저 소리. 오지 않는 아내의 초보 운전에 지친 나를 휘감아 조른다. 머리칼처럼 헝클어지는 마음 엷은 호주머니에 감추고, 아름다운 그의 어깨 너머 낡은 창틀에 켜켜이 쌓인 비둘기 똥을 본다. 하릴없이 구두 바닥 두들기는 깡통의 살 떨림을 음미하며, 온화한 지아비는 허술한 입간판의 더께와 더께 사이를 헤맨다. 며칠이면 또 희게 지워져 더께가 될 아름다운 청년 전태일이여. 사람들이 하수구 겨누며 껌을 뱉거나, 백화점 깜짝 세일로만 솔깃솔깃 귀 세운다고 슬퍼하지 마라. 그대가 누더기 평화 기우며 행복에 젖을 때, 그들 또한 양파 껍질 같은 일상 헤집으며, 늦은 저녁에도 다 함께 함박꽃 피우던 것을. 아직도 차량의 행렬과 행렬에 갇혀 조바심치고 있을 아내여. 아름다운 입간판으로 얼굴 가린 비둘기들에게 언제라도 무심한 발바닥이 되어주는, 이 가을 햇살처럼 너그러운 똥의 두께 가늠해 본다. 언젠가 나도 켜켜이 쌓인 비둘기 똥이나, 끝끝내 더께로 남을 저 입간판의 어느 행간쯤에, 발 뻗고 누워 남김없이 지워지는 더께가 되고 싶다.

정구지꽃

다시 강허달림 들으며 분통골 가는
천곡 들머리 비닐하우스에
별밭 같은 정구지꽃 피었네
막소금 뿌린 듯 눈 시리게 짠한
캄보디아 캄퐁참서 온 새댁 꼴랍 보파
매운 피부가 실바람에도
가늘 가늘 목덜미 살이 메콩강으로 저무는
가을 볕살에 다 익었네
여름내 혼자 놀던 칠삭둥이 아들은
얼결에 열려버린 몸에
무화과 열매처럼 매달고 알바 다니는데
장마다 도는 봉고 트럭
고등어 파는 늙다리 남편 몰래
돈 벌러 다닌다고 생활은 뒤죽박죽이지만
종이컵 커피 한 잔에도
잇몸 다 보이도록 웃는다
잡초를 이기고 꽃대 흔드는 꽃무릇처럼
붉은 얼굴 더욱 붉게 번지는
볼우물 소리에 저 멀리
울산비행장에서는

캄보디아 가는 비행기가 뜨는지
들깻잎 서른 장씩 묶다가도
자꾸만 고개 그쪽으로 돌리는데
날마다 고단한 소문이
통치마 아래로 새어 나오는
고향 집에 생활비 부친 날이면
고운 눈두덩 달마시안 강아지 되는 꼴랍
강허달림 미안해요 미안해요
입에 달고 사는데
분통골 들머리 덕산조경 뒷길
고들빼기 씀바귀꽃 홀로 여무는 곳
착한 새댁 꼴랍 같은
정구지꽃 무더기로 피었네.

민달팽이 먼 길 가네
—"프랑스 칼레, 중동·아프리카 난민촌 철거"에

집 안에서 집을 찾아 먼 길 떠나는
디아스포라
신께서 허락한 자웅동체건만
서로의 몸 뜨겁게 안아들일 줄 아는

물속에서 목 빼던 황홀한 뭍에 눈멀어
등짐 같은 제 집 버린 원죄
한 생 끝날 때까지
감미롭고 따스한 햇볕 쏟아지면
음지로 습지로 눈 매운 구석으로
내몰린 몸 낮추고 마음 더욱 오그리는

숙명의 뱀파이어

일 년에 한 번 제사 때나 보네
민달팽이 어디서 왔는지
허겁지겁 확인하는 뾰족한 내 발끝 에돌아
포근한 거실 온몸으로
제 운명보다 아득한 길 밀고 있었는데

행방이 묘연하다
칼레 난민촌 '정글*' 철거 소식에
해저터널행 트럭 꽁무니
도꼬마리 씨처럼 달라붙어
도버해협 너머 꿈에도 그리던 땅 밟았을까
불도저 삽날에 떠밀리는 텐트
아직도 불씨뿐인 모닥불 쓸어안고
그 옛날 버리고 온 옛집 생각에
이 악물고 속울음 삼키고 있을까

디아스포라 그녀 가뭇없는 먼 길에
햇살 가득한 내 집이 으슬으슬 춥다.

* 정글: 프랑스 칼레, 중동·아프리카 난민촌의 별칭. 그곳에는 6,500여
  명의 난민들이 거주하고 있음에도 화장실, 상·하수도 등 필수생활시
  설이 갖추어지지 않아서 붙은 말.

아버지의 구두 주걱

아버지는 나뭇잎 주걱 하나로
한세상 건너셨다
성남시장 난전 리어카 과일 행상
아버지 수원 큰누나 결혼식 가려고
구두 맞추셨다 큰맘 먹고 검은 금강제화
키에 비해 발이 유난히 컸던 아버지
기성화가 잘 맞지 않아 나들이 때면
신발장 구수한 그늘에 익은 구두 내려
주걱으로 발꿈치 떠밀곤 했는데
기실 그 구두 신으면서
세상에 늘 떠밀리는 자신을 더 힘주어
미셨다는 걸 아버지 가신 뒤
홀로 남은 글씨마저 문드러진
구두 주걱 보고서야 알았다
아직도 당신 체온 물씬한
태화강 대보 둑 터졌을 때
강물 따라 흘러버린 구두
환갑 때도 찾으시곤 했다
성남동을 떠나 교동 호계 달천동
개밥풀처럼 떠밀리는 통에

세상 틈바구니 자신을 힘껏 떠밀어 주던
아버지 그 구두 주걱도
그만 손 놓아버리고
내게는 그 구두 신을 때면 언제나 당당하던
아버지의 등, 쉰내 풀풀거리던 체온조차
희미해진 오늘 대입 원서 넣은
막둥이 떨리는 등 어루는 밤
어둑한 방 애 시린 내 등에
따스운 손길 보탠다 누가.

어머니의 꽃가마

손두부 장수 쇠 종소리 통금 깨는 첫새벽이면, 생골 파던 숙취에 얼음 장판이 제 먼저 내 몸 두들기고, 아직 컴컴한 바깥에선 더 단단하고 껌껌한 몸들. 단숨에 각성냥 불꽃송이로 핫핫 달아오르던 그대. 그대가 있어 아름다웠던 그 시절 발 딛는 곳마다 사막인 담쟁이처럼 막막했지. 먼 들녘에선 계절 가리지 않고 장대비 퍼붓고, 사방 죄어오던 물안개보다 더 낮게 몸 구부린 다리. 다리를 건너지 못한 치들은 그 아래 삼삼 오오 웅크린 채 석쇠를 지글거리는 가리비 돼지고기 깡소주로 버팅기던 날들.

내가 그 다리 초입에서 자꾸 길 놓치던 어느 행간 불쑥 들이닥쳤지. 어머니, 비상구로 남은 번개탄이 아궁을 덥히고, 정글이 된 윗목에다 꽃가마 같은 밥상 차려놓고 가셨다. 그 밥상 닮은 꽃가마 내겐 끝내 허락되지 않았지만. 어머니, 언젠가 꽃가마 타고 시집가는 화면 보시며, 이쁘고나 이쁘고나 나도 갈 때는 저그 타고 가고 싶고나 하셨지만, 교동 옛집 슬레이트 천장 지그시 덮고, 생쌀 한 줌 머금고 한마디 유언도 없이 가셨다.

몇 해 지난 어느 가을, 방어진 어머니 유해 수습해 놓은 산

길. 첫새벽 이슬 머금은 낡은 세단, 얼핏 꽃가마 같았다. 유서도 없이, 타다 만 번개탄과 지문이 거의 뭉개진 두 손 고요히 접고 쉬는 그를 보며, 오래오래 시대를 앓으며 흘린 내 눈물 얼마나 부끄럽던지. 온몸으로 살아 저렇듯 고즈넉해지는 것이 진실로 아름다운 일인지.

대개의 생은 꽃가말 허락지 않는다. 그러나 그러나 구절양장 끝까지 밀고 간 어머니, 소원처럼 저 번개탄처럼 스스로를 불 질러 꽃가마 타신 건지도⋯⋯

키스 오브 집시

드라마 또오해영* 보는데
빙하처럼 고요하던 내 심연
툭 터져버린다 파죽 같다
사랑에 전부를 걸고
목매는 딸 껴안고 함께 우는 사람이
애틋하고 짠해 울컥해 버린 것이다
볼 때마다 청푸른 떡잎 같다
가끔 웃을 때마다 빼뚜름한 덕이 얼굴
새싹 아래 말라붙은 떡잎처럼
슬며시 좌측으로 비틀려 흩날리면
촉촉하게 젖는 내부

너무 손쉽게 빤히 보였다 외할머니는
통영 수협 어판장 뒷길 난전에 앉아
해종일 팔던 돌미역이며 푸성귀처럼
꼬깃꼬깃 건너오던 만 원짜리 받아들고
얼마나 뜨거웠던지
화상을 입고 짐승처럼 울었다
가지런히 잘 깎이고 정돈된 내 삶
학수고대 기다림에 목매인 세월

솔잎혹파리가 죄 파먹은 몸
저무는 노을에
이제 막 상류로 귀소한 물고기처럼
물통 그득 해감하던 모시며 바지락들
옹알옹알 더운 속 주고받으시던
외할머니

키스 오브 집시 바이올리니스트 콘은
어떻게 알아들었을까 그 말들
내가 이토록 온몸 비틀고 저 선율에 덕이처럼
마음 다친 해영 가슴에 안고 눈물의 탱고 추듯
외할머니 입가에 가까이 가까이
흩날리곤 했는데도
받아 적지 못했던 키스 오브 집시

부음 받고 해종일 목매어
넘기는 밥알마다 사모래 같았던
그해 저물 무렵
나뭇잎마다 은린의 물고기같이 퍼덕이며
떼로 몰려가던 서녁

길길이 쓸며 싸안고 헝클어지던 편린들
드라마 또오해영 보며 생각한다
말라비틀어진 떡잎 같던
외할머니의 키스 오브 집시.

* 「또오해영」: 2016년 TVN 월·화 로맨스 드라마. 남녀 주인공—도경(에릭)과 오해영(서현진), 해영의 모—덕이(김미경).

내 아버지는 귀신고래

조간 펼치는데
불법 포획 장생포 고래 고기 빼곡한
냉동창고 뜨악한 아가리 너머
아버지 걸어 나왔다
여태 잔 막걸리 절어 기우뚱기우뚱
그랬다 생의 아리랑 고비마다
비 맞은 대갈퀴 손에 장남 손목 틀어쥐고
역전장 난전판 어슬렁거리곤 했다
큰물에 태화강 대보 둑 터져 새치굴다리며
성남동 집들 죄 뭉그러졌을 때도
그랬다 상이용사 수원 큰아버지 세상 버렸을 때도
다라모시* 깨져 성남시장 불 장작으로 끓던 무렵에도
아버지는 역전 귀퉁이나 허실허실 맴돌곤 했다
언젠가 개비고개 소 시장에서
종잣돈까지 털어 몰고 온 중송아지가
반년 만에 혀 빼물고 자빠져 버리자
소 장수에게 사정사정 토막 돈 되돌리고는
황사와 저탄 가루 개흙탕 역전 거리
보루코** 담장 그늘 따개비처럼 다닥다닥 슬어있던
고래 고기 난전 사발막걸리 단숨에 털어 붓고

시커먼 고래 살덩이 저물도록 오물거렸다

술고래처럼 고주망태처럼

온통 시뻘게 가지고 터덜터덜 걸었다

그런 날이면 큰물에 떠밀려 온

울산시 중구 교동 152-14 못안골

산 번지 둔덕 퍼질러 앉아

별밤이 다 물밀어 가도록

발아래 저 홀로 휘황한 세상에

왜가리처럼 쇠고래처럼 웩웩거렸지만

이 별 누구도 들을 수 없는 고함이었지만

그랬다 아버지는 한 마리 쇠고래였다

번들대는 폐유며 송유파이프 그득한 개운포

물새 떼처럼 떠도는 스티로폼에 떠밀려

금강산 장전항 더 먼 바다나 떠돌며

망향의 붉디붉은 속울음 삼키는

귀신고래였다 세상이 암만 등 떠밀고 떠밀어도

남동 해역 저 청정의 봄날

끝끝내 믿으며 아득한 바다 사는

어쩌다 조간 펼치면

불법 포획 들쓰고 기우뚱기우뚱

고주망태처럼 술고래처럼
시뻘겋게 걸어 나오는 아버지.

---

* 다라모시: 계(契, 다리모시, たのもし) 일본어 잔재. 경상도에서 사투리처
  럼 쓴다.

** 보루코: 시멘트 벽돌(블록).

당나귀의 귀를 달며

중앙시장 가서 어린 동휘 숙면 위해

부드러운 당나귀 쿠션 살 때

외롭다고 한 마리 더 데려왔는데

큰애 서휘 방이며 거실 전전하더니

어느 날부턴가

아내 말선 차지가 되었다

십 년도 넘은 지금 아들 당나귀는 멀쩡한데

함께 사는 나 때문에

생의 아리랑 고개 몇 구비나 넘어설까

속수무책 일상에 파김치 된 아내와

함께 잠들며 살갑게 살랑거리던

그의 왼쪽 귀

오늘 떨어져 나갔다

그러고 보면 아내는

가슴 답답할 때마다

청맹과니 저 몸 기대고

곤죽인 몸 달래며

그래도 새어 나오는 한숨은

부처님처럼 순하게 늘어진

그 귀 끌어당겨 마구 쏟아내었나 보다

그럴 때마다 빠안히 보면서도

아픈 내 몸 핑계로

단잠에 빠졌던 것인데

오늘 아침 출근한 아내 자리 나가떨어진

당나귀 귀 주워 달면서 몸 만져보았다

피 한 방울 흐르지 않는데

그렇게 따뜻하고 부드러울 수가 없다

그는 아무 말 안 했지만

얼핏 눈치채고 말았다

정작 누가 듣도 보도 못 하는

청맹과니인지를

뜨거운 피 흐른다고

다 생명 아니란 것을

그 찰나에 번쩍 죽비 맞고 말았다.

격포는 멀다

밀레니엄 첫해 마지막 해넘이 보려고
편도 1차선
그 조급한 88 고속도로에 차 없는다
물 만난 물고기처럼
비늘 번쩍이며 펄펄거리다 이내 곯아떨어진
서휘 동휘 새콤달콤한 잠의 과육
수시로 훔치며 나도 모르게
가속 페달에 힘준다
인터넷으로만 둘러본
서해 변산 격포 바닷가
명사의 새하얀 빨래처럼 뒹구는
눈 시린 파도와의 한 장 사진 위하여
해를 두고 내내 마이너스인 월급 통장
기워도 기워도 속수무책이던 가계부
휴지보다 못한 동남은행 주식마저 잊고
거창 광주 정읍 다 지나도록 눈 뜨지 않는
아내의 목화솜 같은 꿈 위하여
자꾸만 자꾸만 가속 페달에 힘준다
황혼이 아름다운 격포 향하여
신태인부터 부안 들머리까지

꼬물거리던 차량들은 그러나
서해 바다 저만치 두고 꼼짝 않는데
등 푸른 채석강 격포 바다는
검뎅 같은 서해 구름에 다 먹히고
여독에 지친 아이들 채근에
또 나가떨어진 아내여
아직도
격포는 멀다
너무
멀다.

방어진 솔숲 아래 대왕암 가다 보면

스무 해도 더 전부터 두고 온 군산 어청도 앞바다 생각에, 십만 근짜리 참고래 한 마리. 드디어 턱뼈만 남아 해종일 활처럼 휘어지는 마음 비린 소금 바람에 풀어 날리는데, 사람들은 힐끗거리다 말고 재빨리 구름다리 건너 대왕암 가는데, 나 또한 그 턱뼈와 한 장 사진 찍고는, 이 시린 동해 바다에 마음 헹구고 돌아왔는데. 오늘 인화지 속에는 어린 내가, 어머니 아버지 두 손 쥐고 목젖이 다 보이도록 웃고 있네.

순백의 소금 기둥처럼 반짝이던 별빛에 익어, 칠월 그믐에도 마냥 따뜻하던 무허가 슬레이트 지붕 올려놓고, 세상 다 가진 듯 호쾌하게 막걸리 기울이던 아버지, 또 언제 행정대집행반 닥칠지 전전긍긍하며, 마른장마 끝나도 잠 못 이루던 어머니. 그때로부터였네. 교동못 안 사람 다 보는 백주대낮, 보란 듯이 고래 등 같은 집 지어드리고 싶었었네.

시름시름 뒤울 밖 고춧대 죄 타들어 가던 어느 여름. 진로 소주병으로 두둑 치고, 연탄재 으깬 텃밭 굴참나무 장작불처럼 치솟던 칸나. 모래알과 패각이 드러난 벽돌담에 턱 괴던 바라기. 트램펄린 놀던 참새 떼와 함께, 한낮에도 삼산들 등불 밝히던 정유 공장 굴뚝 건너보며, 강낭콩 뿌린 공갈빵처

럼 얼금뱅이로 쪼그라든 해바라기씨 대소쿠리째 놓고, 몇 개
뿐인 이빨로 호물호물 까먹으며 웃던 고성댁이.

이제 얼마면 팔차선 길이 될 교동 옛집에는, 소갈에 두 눈
잃은 내 어머니 어둔 세상 더듬더듬 길 가던 저 버드나무 지
팡이만 남아, 아직도 매주 내 꾸물대는 마루턱에 기웃이 봄
볕 말리고 있었는데, 폐가의 찬장 파리똥 빼곡한 흑백 사진
틀 속에서는, 방어진 솔숲 땡땡이 저고리 옷고름 휘날리며,
막걸리에 취해 동백아가씨 부르던 어머니, 새마을 모자 쓴
아버지의 어색한 젓가락 장단에 맞추어, 아직도 그 노래 부
르고 있었는데.

철거 전날, 흑백의 구분도 희미한 사진과 어머니 지팡이
챙겨 나오다 알았네. 당신들께서는 참으로 오래전부터 고래
등 같은 집에 살고 있었음을. 솔숲 아래 육탈된 참고래 턱뼈
그 반짝거림이, 내 어머니의 저 버드나무 지팡이처럼, 참으
로 완강하게 한세상 버팅긴 아름다움인 것을. 세상 모든 집
떠나온 것들의 그리움인 것을.

목장갑

진종일 철근 구부리며
맞서던 관절마다 녹내처럼 뜨겁게 삭아
비로소 겨울비 안아 들이며 쉬는 몸뚱어리
숨구멍이란 숨구멍 더운 김 말아 올리며
쇠고래 힘줄 같았던 목줄마저 풀려
공사장 물웅덩이 흰물떼새처럼 떠도는
목장갑 한 짝

오래전 마산 시외버스 주차장 부근
양가 상견례 오신 어머니
한평생 국밥에 넣을 쇠고기 칼질하느라
짐승 수족 같던 손 따습게 덮어주던
저 목장갑

삭을 대로 삭아서 아름다운 것이
어디 저것뿐이겠습니까
어머니.

제3부

보리

북구 상안 아진아파트 초입 신호등 삼거리
상가 보리밥집 늦은 점심 먹고 오는데
고양이 이마만 한 공터
누가 보리농사 지었다
산 뻐꾸기 애 시린 오뉴월
보리 달고 나와 식모 살던 사촌 누나
개쑥털털이 잘하던 생각에
호계장 날이면 떡전 실없이 도는데
보리 밟으러 다니다 배 맞아 경을 치더니
말년엔 남해 보리암 밥보살 가서
누나 영영 서녘으로 돌아가고
나만 떨어져
신호등 바뀐 지 오랜 해거름 서성거리며
깔끄러운 보릿대 쓸어보고 안아보고.

곱단이 복분자

내 첫사랑은
자운영 꽃 같은 열세 살이었네
날 저물면 신열에 익은 복사꽃 뺨
달개비 물봉숭아 쑥부쟁이 자옥자옥
강둑길 시시덕거리며 마실 다녔네
어쩌다 개쑥털털이 같은 쇠똥에
헐렁한 수숫대처럼 허물어지면
은사시나뭇잎 되어 팔랑팔랑
뒤집어지곤 했네
다디단 복사꽃비 맞으며
쇠고래 사는 정자 바다
함께 가리라 했네

연탄 공장 당수나무 등 뒤 달라붙어
밤마다 성남동 190번지 껄렁패들
해를 두고 봉긋한 분자를 난장쳤건만
그믐처럼 깜깜했네 나는
태화강 대보 둑 빼곡한 복분자
채 익기도 전에 이놈 저놈
제 먼저 따 먹는 놈이 임자

굴화 철공소집 식모살이 열세 살
곱단이 분자는 시뻘건 내 첫사랑

아비 없는 아기집
배고픈 공갈빵처럼 부풀어
당수나무 그림자에 숨어
포르말린 병째 나발 분 곱단이
뚝방 복분자나무 핏빛 가시털만
그렁그렁 노을물 들던 가을
내 첫사랑은 복사꽃 내 나는 열세 살
함월산 들머리 그득한 쑥부쟁이
복분자 나뭇잎 끌어 덮고 누웠네
비로소 매운 몸 풀고
겨우내 풀억새처럼 서걱였네
해 저물 무렵
일없이 강둑 걸으면
여직도 나는 자꾸 눈이 시리네.

승호분식

봉월로 신정시장 칼국수 골목 맞은편
귀퉁이 승호분식은 밥집이다 첫새벽부터
햇볕이 은월봉 이슬 다 걷는
늦은 아침까지 팔지 못한 치들
오백 원 천 원 어쩌다 이천 원도 내고
뜨건 선지에 밥 하나씩 썩썩 다 비워도
가는 걸음 헛헛한 꼭두새벽 인력시장은 빈손
구수한 잔 막걸리 낮달마저 불콰할 즈음
졸장기 한판 목숨 건 훈수
온 세상 끓어 넘치면
주인장 지리산 댁이
콩나물무침이나 잘 익은 김치 깍두기
재빨리 상에 놓는다
내일은 더 일찍 나오나 일 있을 끼다 암!
살아생전 성남동 성심병원 중환자실
마지막으로 어루만져 본
그 어여쁜 손이 다 얼음장이던
내 이모.

시레 가는 버스

농소 상안서 시레* 가는 버스는 작다
그린카운티 달천아이파크 홈플러스 지나
호계역 공항 다 지나 시레 가는 지선버스
작고 촘촘하다 그곳에서 타고 내리는
구수한 계분 내 데불고 오르는 사람
어쩌다 한둘
그늘 그리운 여름날이면
성성한 가시울타리마다 샛노란 탱자
홀로 여무는 노을
섬돌처럼
슬리고 슬리는 파도 소리로 운다
눈시울 붉은 파도 따라
시레 가는 버스
정말 작다.

* 시레: 울산광역시 북구, 음성 나환자들의 집단거주지가 있는 마을.

달천동 코스모스
—제초작업

너희에겐 노류장화였거니
온몸을 그리움의 시 둘둘 감고 자진한
조선의 가인 이옥봉처럼
아니 허난설헌처럼
물그림자 같은 역사 허공에 세운 비명
얼음장보다 서늘한 솜이불 뒤집어쓰고
앙가슴 은장도 꽃 별 새기던 저 고독
보이지 않더냐 문 두들기고 두들기던
시퍼런 멍 자국 같은
피 묻은 돌멩이 같은
저 코스모스

너희에겐 실바람에도 하늘대는 몸
품 안 지분 내 뿐이었거니, 오늘은
간밤 무서리 이긴 앙칼짐 위하여
유려하고 온화하게 미소 지으며 단칼에
밀어버렸구나 점령군처럼
제초기 마초 같은 주먹질
죽어서도 물고 늘어지는 풀 비린내
아아, 끝끝내 썰물처럼 떠밀려 간

그 자리

시인 이옥봉*이
피투성이 알몸으로 잠들었네
허난설헌**이 무릎 세우고 시름없이
곁을 지키네.

* 이옥봉(李玉峰, 1552~159?): 조선 중기 시인. 선조 때 이봉의 서녀庶女로
  조원의 소실小室이 되었다가 남편에게 버림받은 후 비극적인 삶을 살
  았다. 시 「규정閨情」 「몽혼」 등 32편이 수록된 『옥봉집玉峰集』이 전한
  다.

** 허난설헌(許蘭雪軒, 1563~1589. 3. 19.): 조선 중기 시인, 작가, 화가. 본명
  은 초희楚姬. 초당 허엽의 딸, 교산 허균의 친누나, 어의 허준의 집안
  조카. 이달李達의 제자. 1577년(선조 10년) 김성립金誠立과 혼인, 결혼 생
  활은 원만하지 못했다. 애상적 시풍. 시와 기타 산문, 수필 등 213수
  와 『난설헌집蘭雪軒集』이 전한다.

다시 메밀꽃 필 무렵을 읽으며

고1 그 일곱 빛깔 빽빽이 앉혀 놓고
늙은 당나귀와 얼금뱅이 허생원 견주며
운명의 궤적은 어떻게 맞물리는지를
성 서방네 처녀의 저 고단한 탑돌이 세월을
조잘조잘 시새우며 만나러 간다
아이들은 빈 물레방앗간 재빨리 훔쳐보거나
평창강으로만 떨어져 쌓이는
달빛에 잠시 젖어볼 뿐
어설픈 괴나리봇짐 가득
하품만 퍼 담는다
나는 자꾸만 갈라지는 목청
곁눈질하며
왼손잡이 동이와 허생원이
가지런히 뒤꼭지 물던 팔십 리 밤길이
왜 앤서니 퀸 주연의 이탈리아 영화
길보다 더 고독한지를
낭만과 환상의 징검다리 얼비치는
제천 길이
사생아 동이나
허생원의 그리움만 아니라

길을 묻는 이들이 찾아 헤매던
바로 그곳임을
빛바랜 교탁 치며 밑줄 긋지만
은어 떼처럼 파닥이던
아이들은 이내
투명한 수부의 그물에 걸려
바동거리다 만다.

그리운 사람에게 1

오랜만에 햇볕이 자전거 바큇살 같은
오늘은 방학 내내 수업에 지친 아이들 함께
현진건의 운수 좋은 날 읽어봅니다
수능 일백 일이 오히려 즐거운 영혼
간질간질 쫀득한 졸음 위하여
언젠가 까까머리 검정 교복들
그 연두색 가슴마다
동동주처럼 향기롭던
이백오십 원짜리 삼중당 문고
돌려 읽던 시절 새콤달콤 양념 칩니다
그때처럼 또 불콰해 오는 눈두덩 가리고
등 뒤엔
상황의 아이러니 빽빽이 판서해 두고
지금도 이리 뜨거운 영혼
캄캄한 빗물 뚝뚝 듣던 설렁탕 한 그릇
남루한 그 사랑 밑줄 긋고
뒤돌아보니 아이들은 그러나
요약 프린트물로 가린 폰 구덩이 빠져
허우적허우적 나를 할끔거린다
아, 이 드라이아이스 같은 세상에

어금니 깨물고 울던 그 사람
속절없이 떠오릅니다
가슴 저리던 그때 너무 그립습니다
창문 너머 달아오른 한길엔
그날의 김첨지 인력거 바큇살
오후의 카랑카랑한 불볕 달라붙어
무수히 송곳니 박고는 달아나는데.

그리운 사람에게 3

　딸애 책가방 사러 성남동 전화국 골목 들어섰다가, 일곱 빛깔 캐럴송 흩뿌리며 아스콘 바닥 기는 사람 만났습니다. 벼랑처럼 깜깜한 눈 마주친 순간, 내 호주머니 동전 딸애 시켜 종이 상자 넣었습니다만, 배추 열 포기 값 넘어선 아이스크림 사준 뒤였지요. 익명의 바쁜 걸음 익숙하게 발맞추어 지나치다, 어쩐지 더부룩한 가슴 시나브로 뭉근해 왔지요. 혹시는 그와 진종일 함께 걷던 저 아스콘 바닥보다 껌껌한 속 누군가 엿본 것 같아서였지요. 해종일 바닥 보며 일곱 빛깔 캐럴송으로 반짝이던 그, 그가 왜 자꾸 불편했을까요. 나는,

하동 국밥집

지리산 들머리 설핏 들면
은사시나뭇잎 잔물지는 하동 포구 아니라
울산광역시 동구 남목에 있다
하동 국밥집
남목 시장 미리내 슈퍼 아저씨
좌판 벌리고 생닭 파는 오 씨
오전내 철근 구부리고 붉은 벽돌 져 나르던
깨금알보다 구수한 땀내 폴폴대는 사람들
물 반 고기 반 돼지국밥
허겁지겁 쓸어 넣는 부산함으로
이마 땀방울 알전등처럼 반짝인다
그곳에는
국과 밥 언제나 암수 한 몸
한 사발 그득 욱여넣은 그 식욕으로
오후를 불 지필 몸들
악양 들녘
십 리 백사장같이 고운 이 드러내면
더운물로 사발 헹구던 안주인
어느새 저물 무렵 은사시나뭇잎처럼
보리통 허리 곱게 구부린다
하동 국밥집.

음력 구월 구일

대낮같이 불 밝혀 놓은 거실 장 앞
호마이카 칠 곱게 입은 제사상 펴고
반야심경 곡진한 병풍 두른다
너무 젊어서 버린 세상 온통 반짝이는
장롱 깊숙이 묻어둔 아우의 영정 닦다 말고
옛집 어귀 당수나무처럼 고즈넉해진 그 본다
검은 학사모 아래 가지런한 이빨들
십 년이 넘은 지금도 수줍게 빛난다
이 방 저 방 고무공처럼 통통거리던 아들
제 먼저 촛불 붙이겠다며 앙앙거리고
수굿한 누인 눈 흘기며 물러앉는데
무에 그리 급해서 그처럼 서둘러 길 떠났는지
삶이란 게 애초 잠자리 날개 같은 건지
올해도 어김없이 음력 구월 구일 왔건만
한 장 사진으로만 보는 삼촌 향해
선잠 취해 오체투지하는 어린 아들놈
제물 나르느라 신이 난 딸에 두고
저 들녘 쑥부쟁이보다 투명했던 네 생애
이 땅에서 착하게만 산다는 것의 의미
나는 결코 말하지 못한다

이후로도 오래오래 구월 구일 오겠지만
막 나가떨어진 아내 아이들 이불 끌어주고
습관처럼 반 남은 제주 기울이며
잠 못 들어 하겠지만.

언양 미나리

가지산 배내 지나다 부음 받고
언양 초입 웅크리며 빠지는 국도변 가판대
수십 단씩 쌓아놓은 미나리 보고
그냥 정구* 형에게 전화 건다

형 거기 어디야 물으려는데
포항 선린병원 영안실이라고
누가 일러 준다
미쳤어미쳤어미쳤어 문상 가면서
그에게 전화 걸다니

엄마 고햐이 언양 아이가
내도 반틈은
울산 사람잉기라

목탄 얼굴 새하얀 이빨
언양 미나리 향 풀풀거리던 목소리
세상에는 이제 그것뿐인데
홈플러스 진열대건 국도변이건

언양 미나리 오늘도
씻은 듯 곱네.

옥현 사람들 저기 오시네

어화 달구 에루화 에헤라 달구 달구질이야
개운포 해돋이에서 가지산 해넘이까지
수백 번 수천 번 수십만 번을
여기 울산 사람 옥현골 사람들
수천 년 혼곤한 흙덩이 잠 툭툭 털고 일어나
무문토기마다 쌀밥 같은 햇살
그득그득 퍼 담을 때 있으리라 믿으며 살았으리
가난한 내외 마주앉아
반달칼 돌칼 가락바퀴 깎다가
문수산 훤한 이마 그득 일몰 내리면
더러 긴긴 겨우살이 걱정에
밤을 잊기도 했으리
쩡쩡 얼어붙은 논바닥 해종일 지치던
새끼들 아랫목 밀어 넣고
고단한 무릎 세우고
저 앞산 설해목들 제 몸뚱이 무게로
꽝꽝 거꾸러지는 소리도 엿들었으리
그리하여 검단 방기 연암 더 멀리
대곡리 천전리 암각 사람들까지 불러와
에헤라 배 모으는 신명 어깨춤 추며

뚫린 그물코 깁고 어망추 엮는 꿈도 꾸었으리

동천강 태화강 어여라 어화 노 젓고 저어

헌걸찬 근육질 동해 바다 아득히

유유한 침묵으로 동터오는 개운포

향고래 쇠고래 등

돌칼이며 청동 작살 내려찍기도 했으리

지금은 울산에서 부산으로

부산에서 울산으로 진종일

흉흉한 소문이며 유황빛 안개 떠돌고

아귀처럼 달라붙는

저 불도저 캐터필러 소리

주택공사 삽날 깃발

누천년 지심 깊이 쇠 작살로 꽂히지만

개운포 해돋이에서 가지산 해넘이까지

혼곤한 흙덩이 잠 속에서도

애면글면 손꼽아 온

울산 사람 옥현골 사람들

목화솜 같은 꿈

막아도 막아도 속수무책 레미콘 발진 음에

자꾸 뭉그러지지만 아아, 그러나

여기 울산 사람 옥현골 사람들[*]
아들의 아들의 아들들이 딸들이
기묘년 오늘 또 저리 따사로운 햇살 입으며
어화 달구 에루화 에헤라 달구 달구질이야
일흔세 곳 집터마다
강돌 같은 마음의 통나무 기둥 다시 세우고
순순한 볏짚 탐스런 지붕 엮어 올리리니
내일은 이 언덕 일흔세 곳 집집마다
아침밥 짓는 연기 무럭무럭 오르리라
아침밥 짓는 연기 무럭무럭 오르리라
어화 달구 에루화 에헤라 달구 달구질이야.

---

* 옥현골 사람들: 울산광역시 남구 옥현동 옥현유적지의 선사인들.
  – 옥현유적지는 지난 1998년 4월 대한주택공사가 아파트 건립을 위
    한 택지조성공사 과정에서 발굴된 청동기시대 유적으로, 73곳의
    움집터, 논, 어망추, 가락바퀴, 소의 발자국 등 청동기시대 울산지
    역에 생활 터전을 잡았던 선사인들의 생활, 문화상을 엿볼 수 있는
    귀중한 유물들이 나왔다.

제4부

강물이 흘러가는 법

애저녁에 알아버렸네요 저는
저물 무렵 태화교 함께 건너던 당신
십리대밭 너머 가지산 쌀바위
온통 불 지르던 일몰 끓는 강물 보며
단지 오오 모음으로 우물거릴 때부터
알아버렸네요 생의 벼랑 아득한 산정
가장 애리고 서러운 날들부터
물수제비뜨듯 끊어 던지고
손 털고 가는 저 강물 속을

한때, 산정 멀어질수록 그 아득함만큼
마음 다치던 물길처럼 그렇게
바윗돌이며 결기의 둔덕마다 모서리마다
달려들어 결연한 내부 다 결딴내다 보면
아래로 아래로 물 깊어질수록
마음 그윽하던 강물
얼마나 부럽던지요 그러나
날마다 밤마다 몸 벗던 그 몸짓
눈 시리게 투명한 표정이
아름답게 흘러가는 법이

연꽃을 틔워 올리는 개흙 진흙탕보다
향기롭진 않다는 걸
저는 애저녁에 다 눈치채 버렸네요

청맹과니 당신 청 댓잎 두 귀마저
휘황한 강물 소리 젖어
온통 눈멀고 귀 멀어버린 저물 무렵
몸만 께벗은 모든 것들 잠든 뒤에도
그러나 산기슭까지 파먹은
검은 비닐봉지 같은 집들에는
타박타박 첫새벽까지 걸어와
비로소 남루 누이는 지장*이 있고
좌충우돌 마침내 산정까지 치받는
밤안개 무엇보다 두터운
이 먹먹한 미명 이불 한 채
다시 사람의 뜨거운 체온이던 것을

몸 디민 곳마다 화약내 풀풀거리는 나날
웅크릴 대로 웅크리다 보면
세상 가장 팽팽한 눈부심으로

새벽이 끓어오르는 걸

단 한 번도 돌아보지 않던

강물마저 부여안고

세상 건너 세상이던 물안개

마침내 십리대밭 너머

저 청아하고 유유한 아침이던 걸

애저녁에 다 알아버렸네요. 저는

* 지장: 지장보살(Ksitigarbha). 석가모니불의 열반 후 무불시대에 육도 중생을 교화하겠다는 큰 서원(억압받는 자, 죽어가는 자, 나쁜 꿈에 시달리는 자 등의 구원자로서, 지옥으로 떨어지는 벌을 받게 된 모든 사자死者의 영혼을 구제할 때까지 자신의 일을 그만두지 않겠다는)을 세운 보살.

그리운 나의 클론

기본증명서 떼러 들어간 전자가족관계등록시스템에 거부 당해, 공인인증서 서비스 받다 세상에 나와 똑같은 내가 있다니, 참. 그때로부터 내 인증서엔 2가 들러붙었다. 이젠 누구도 날 부인할 수 없다. 근데 그럼 나는 원본 아니라 클론이냐고 뒤늦게 따졌지만 순서대로 처리했단다. 아무래도 나는 아닌 것 같은데, 아무런 문제 없단다. 기관 말대로 발급 시스템에선 아무 문제 없었고, 내겐 아무 일 일어나지 않았다. 혼자 일어나 밥 먹고, 혼자 티브이 보고, 혼자 약 먹던 어느 날인가 아, 이상하게도 나는 더 이상 추위 타지 않게 되었다. 문득문득 내 삶의 행간 틈틈이 그가 보고 싶어졌다. 그리워졌다. 아주 멀리 있거나 보지 못한 것은 대부분 아름답다*는 말, 내게도 부디 진실이길 기도하는 날 더러 있었다.

* 이상국의 시 「고래 아버지」에서 따옴.

도마와 나

벌써 며칠 황사주의보, 젖은 폐지처럼 늘어진 오후 씻어 일으키는 빗소리다. 눈앞 탱글탱글 트램펄린 놀던 녀석들 잦 아들자 콩 튀듯 집 나선다. 각이 뭉개진 해거름 시나브로 걷 다 보니 어느덧 다시 종아리 굵은 빗줄기. 엉겁결에 쌍룡아진 통닭호프집 찢어진 차양막 벽에 기대는데, 나처럼 바짝 벽을 등짐 진 선착 있다. 그동안 눈코 뜰 새 없이 분주하던 나날, 양파 껍질처럼 반들반들 지문마저 죄 벗어버린 통나무 도마. 그와 같이 헛간 낡은 지게처럼 원산폭격하는 몸 넋 놓고 본 다. 어딘가 낯익다. 비스듬히 칼 맞은 하늘 옆구리 얼비치는 처마. 그 끝 물고 수직으로 내리꽂는 물방울 칼, 밤낮없이 시 퍼런 칼날 다 받아내던 차력의 뱃가죽, 무채며 닭발과 같이 채 썰어 보내던, 송진내 물씬한 결기들 깡그리 썰물진 자리마 다 마춰도 없이, 둥글게 둥글게 뜨거운 인동덩굴 무늬 생으로 새겨 넣는데, 도마는 반가사유 선정에 들었는지 아랑곳 않는 다. 속수무책 함께 젖어 비긋던 나, 그저 바라만 볼 뿐 아무 말 않는데도 그런대로 훈훈하다. 도마와 나.

내도

　어느 모임, 문해 수업 중에 핸드폰 문자 보내기 배운 초급반 머리 희끗한 어머니, 실습 시간 남편에게 자랑스럽게 '여보 사랑해요'를 그만 '사망해요'라 보냈다는 우스개 듣는 순간, 나는 온 몸뚱어리 서늘해지고 말았다. 그때 나는 하루걸러 21세기 인공신장실에 오후내 탁해진 피 거를 때였고, 그때마다 여지없이 가엾은 심장 향해 종아리 경련들 스멀스멀 비수 들이밀곤 할 때였고, 가끔은 정말로 사망시키고 싶을 때였고, 모두 촛불 켜 들고 광장 몰려갈 때도, 나는 새하얀 마스크 쓰고 사람들 발소리 적은 곳으로 아예 없는 곳으로 골라 디딜 때였고, 섬처럼 산다는 것이 때로 풀꽃이나 이슬 청아한 목소리 들을 때 있지만, 때때로 사무치게 외로워 별빛에도 머리 깨어져 피 흘리는 일임을 깨닫는 때였다. 후에 그 답신 '내도'란 걸 듣고 얼마나 부럽고 가슴 저리던지.

아주 숭악한 나이

정두리 시 '1970년도의 청춘' 읽다, '돌아보니 아주 숭악한 나이였더라고요'에 걷어차여 한동안 정강이 감싼 채 쩔쩔거리다 겨우 통증 가라앉았다. 그런데 요즈음 나가던 대학도 그만두고, 병원과 시민학교만 오가다가 어쩌다 가끔 티브이 앞 앉으면, 고구마 줄기처럼 줄줄이 올라오는 국정농단 비리며 정·재계 부정, 부패…… 티브이 꺼버려도 이래저래 온몸 숭악하게 달아오른다. 아, 나는 언제쯤 내 이 숭악한 나이 벗고 가을날 고추잠자리처럼 쓱 생을 떠올릴 수 있을까……

곁을 보다

그녀 본다는 건 참담한 직선
찰나다
그게 너무 아찔한 나 물끄러미
궁리 끝 유선형으로
때론 출렁출렁 휘청거리다 말다 결국
곁 본다 가까이 좀 더 가까이
빙글빙글 돈다 돌아본다 그녀
슬쩍
조금씩 아주 조금씩 자꾸자꾸
감기다가 풀어지다가
그렇게 점점점
투명해진 그녀 그만
웃는다 웃고 만다
비로소 점점점
따듯해진 나
향긋하다
오래 씹은 밥알처럼
그녀 곁 서면.

파리, 불온한

아버지 방문 앞
파리 한 마리 놀고 있다
진공청소기 반짝반짝 밀어놓은 거실
똥칠하듯 짓밟고 다닌다
돌돌 말은 걸레 폴폴 비웃으며
녀석은 사정거리 안에서도
삶과 죽음 경계를 노는데
즐거운 비상 끈질긴 팔매질 끝
뭉그러지는 살점
크리넥스 티슈 한 장에 담는
이 불온한 즐거움
탁자 표면은 다시 빛나는데
거실 통유리문 밖
투명한 저쪽 원 없이 날아보고
흔적없이 사라질 생
왜 불온한가요
아버지.

천마산 누덕 부처

천마산 삼생이 계단 우듬지
누덕누덕 햇살 기워 입은 누덕 부처 한 분
오가는 등산객들 은근슬쩍 시주한
심심풀이 돌 시루떡 삐뚤빼뚤
서로 언 몸뚱이 얼싸안듯 손깍지 끼고 앉아
해바라기 중인데
남쪽 둔덕 천만사 황금 부처 정규직이라
끼니마다 뜨신 공양 따박따박 들지만
저 돌무더기 부처 가만 보면
제대로 된 밥상 한 번 받은 적 없는
맹탕 비정규직이다
누가 언제 불사 일으켰는지
새도 쥐도 모르는데
하물며 준공 날짜 뉘 알까마는
활짝 열어젖힌 복장 세상천지 신수는
실낱같은 촛불 받는 황금 부처보다 훤하다
팥죽땀 흘리며
기 쓰고 오른 산정
눈비며 찬바람 칼 서리 다 먹은 등
생활에 부대낀 걸음 갈 때마다

펑퍼짐한 몸 원만 구족한 표정
햅쌀처럼 곱다
생업은 고사하고 사는 일조차
뿌리 없어 막막한 날
누덕누덕 저 돌무더기
푼푼한 옆구리 기대면
풍찬노숙 타관에
고향 아지매 본 듯 따습다.

어먼 걱정

앙상한 북쪽 가지 내려, 봄처럼 환한 목소리 내 이름 불러주던 산새 같은 그녀. 바람 몹시 불어 그녀 안부 궁금한 날, 나는 꿈결인 듯 펄럭이며, 21세기 인공신장실 간다. 941번 버스 유리창 납작 엎드린 나뭇잎과 나 시름없이 보는데, 그 사이 낀 세상 먼 산 팔다 당도한 정류장 엉겁결에 내린다. 건너편 호계 성당은 무성한 유월. 이쪽은 바다 뚫고 솟구치는 돌고래 떼. 그 펜스 너머, 동해남부선 철길, 줄줄이 새끼 업은 옥수숫대 남루한 몸이, 설핏한 바람에도 서로 치대며 아우성인데, 그 뜨거운 도가니 뚫고 네 칸짜리 통근열차, 꽃뱀 허물처럼 제 몸무게 카랑카랑 밀고 와 미끄덩 빠져나간다. 여기서 21세기까지는 세 구간, 베드로 대부님, 갓 장가간 아들 가득이, 저 닮은 신부 생각하면 절로 미소 번지는데, 어느덧 신천교 맞은편 이층 봉추찜닭이다. 와룡과 천하 주름잡던 봉추 오늘은 찜닭이라니…… 역사에 오래 족적뿐이던 그가, 민초들 즐거운 식욕으로 되살아난 건 불멸의 화두 함포고복 때문인가. 길가 왕만둣집 가마솥에선 연신 더운 김발, 지나는 사람들 뭉게뭉게 으깨버리고, 발만 남은 사람들은 겨울날 배추 뿌리 같은 몸 깜빡여 서로 등불 되는구나. 나 없는 동안 그녀 정말 무사한 것일까. 저렇듯 순식간에 수십 수백 사람들 쥐도 새도 모르게 증발하는 거리에서 21세기까지는 이제 버스 한 구간. 인공신장실 간 첫날부터, 아저씨 맘 편히 잡숫고 누우라던 간호사 선생은 부실한 내 팔에 쇠 바늘 꽂으며, 물소리 안 들린다며 투석 내내 혈관 걱정뿐이더니, 칠월이면 스페인 산티아고로 떠날 거라 했는데. 그녀는 그곳 콤포스텔라 야곱의 무덤에서 그토록 간절했던 스스로의 애틋한 가면 만날 것인가. 만난다면 무슨 위로 건넬 것인가. 두 발 동동 불 비린 내뿐인 일상 접고 순례하는 무리들, 물 젖은 댓잎처럼 휘어지는 일몰에 몸 얹어, 하늘호수 깊숙이 일시에 투신하는 새 떼 본다면, 비로소 지상에 살아남아 더운 숨 몰아쉬는 외로움 느낄 것인가. 모르지. 서로를 불 밝혀 컴컴한 발등 비추던 시간 또 올지도. 모르지, 지금쯤 앙상한 그 가지 뛰어내려 곤한 날갯죽지 막 개키고 있는지도. 누구도 내 이름 호명해 주지 않던 겨우내, 휘파람새처럼 잠든 가지 흔들던 새하얀 비닐봉지 하나 온몸 퍼덕이며 내게 오던 날 생각한다. 나는 지금.

흔적, 칼금보다 서늘한

4B연필로 무심코 쓰윽 그었던 밑줄
농소 3동 도서관 직인에 화들짝
고무지우개 단내 게우도록 떼 밀고 보니
휑하니 빈자리 칼금보다 서늘하다
엊그제 3동 파출소 앞 건너다
둥실 떠나버린
기름집 그 기다리며
가슴 끝까지 찰랑거리던 양푼의 햇살
오늘은 푸진 불볕 달아 쨍그랑쨍그랑
흔적 없는 주인 들으라고
빈 몸뚱어리 더욱 경쾌하게
요령 흔드는데
이후에
내 자리도 저렇듯
경쾌하고 서늘하기를.

십일월 풍경

1
가지마다 식탐에 취해
여름내 소갈머리 없이 웃자라더니
풀잎 하나 못 기대게 하더니
꼴 좋다 꼴 좋다
무명의 몇 잎 된바람
저렇듯
속수무책인 걸

2
동천 길 검잡을 하나 없는 아카시아
내 쇠가죽 텅텅 두들겨보던 물살
만추 질러온 그 푸르고 매운 소문에
깜짝깜짝 노랗게 앓는 소리
때늦은 달맞이 꽃대 등 달아
이제 겨우
십일월인걸.

지금쯤 호계리 빈 들녘 가면

호계리 빈 들녘 끝머리
눈 매운 세상
가물가물 보이는 언덕 오르면
어젯날 황홀한 펄럭임들
미련 없이 접어버리고
물 깊은 눈빛 면벽 삼매 오백나한
해 지난 생채기 곱게 삭은 나신들이
이 시린 계곡 물소리 발 담그고
산을 패 누르는 칼바람 아랑곳 않는
결가부좌 용맹정진 보리

일상 쳇바퀴 멈추고 귀 틔우면
잎잎을 색동옷 따뜻이 입혀
서릿발 끓는 땅 끊어 던지는
고단한 어미 속이
무명 홑저고리 바람으로 서서
하얗게 다 사위는 걸 보게 되리

얼어 터진 발등마다 감기는
어룽어룽 그리운 물소리

겨우내 이 땅 삼한사온 다 이기고
봄날 기어이 언 땅 뚫고 일어설
키 작은 도토리
창호지 같은 몸 서로 껴안은 낙엽
삭을 대로 삭아서 새싹 떡잎마다
불같은 힘살로 제 몸뚱어리 끊어 먹이는
보살행 다 보이리

이 겨울 호계리 들녘
상수리나무 숲 들면
우리 어머니 같은 수행자들
서로의 빈 몸 곰삭여 이루는
세상 가장 아름다운 사랑 만나리.

제5부

어느 냄비의 고백

온 나라 칠년대한 때도
이렇지는 않았다며
설악 토왕골 쌍천이
뜨거운 혀 빼물고 비수처럼 몸 날리는
화채봉 기슭 비룡 속에서
얼핏 옛 처녀 옥색 저고리 보았는데
가물 때마다 비룡이 올려준
저 머리 은하 물빛 가르마 같은
폭포 앞에서 옛날 수영을 말하는데
누군가는 고현철도 보았다며 눈물짓는데
쓰촨 네팔 아이티 포르토프랭스
지진 때마다 그렇게 글썽거렸는데
별처럼 이슬처럼 고이는 눈물샘
젖은 눈과 혀 이끼 슬고 날마다
먼지 앉는 가슴은 감감 어두워지고
또다시 세월호 돌고래호 앞에 망연자실
어느 날은 엎드린 아일란 쿠르디 보며
눈두덩 또 더워 오고
엷디엷은 눈시울만
언제까지
너는.

첫새벽 새미실교 건너며

실바람에도 사금파리처럼 옹알거리던 달맞이꽃들, 쉼 없이 피고 또 피어나던 지난 여름내, 샘실마을 새미실교 건너, 와플 같은 단내 상안초등 지나면 무성한 수풀, 수풀 저 너머 달무리같이 요요한 몸, 삼조를 섬긴 끝에 신라 움켜쥔 실권자 미실은 언제 다녀간 것일까. 뱀눈 같은 발자국 하나 없는데, 여기쯤 오면 불시에 코끝 매운 걸 보면 왔다 가긴 한 모양인데. 세상은 소리 소문 없이 풀꽃 지듯 한로 상강도 지고, 동지가 코앞인데. 천 년도 더 지나 순실 게이트로 나라는 온통 쑤셔놓은 벌집, 광화문에는 아빠 무등 탄 여섯 살짜리 계집애 이마, 좋은 나라에 살고 싶어요. 그 한마디 일백만 개 촛불 빛 되쏘며 별밭처럼 빛나는데. 백성에게 희망은 가장 잔인한 환상이라던 미실의 말, 오늘따라 내 여린 귓바퀴 개처럼 문다. 물어뜯는다. 시퍼런 송곳니 박는다. 닭 울기 전 세 번이나 예수 부인한 베드로 회한에 젖은 가슴속 같은 미명의 천곡 들녘. 숨 더운 것들 모두 시나브로 물안개 서린 잠 벗고 실눈 뜨는데. 사람 사는 마을 쪽 가뭇없는 길가 바람 한 점 없지만. 수십 년 결가부좌 물처럼 고요하던 백양나무. 그 순백 어깨마다 지금 서늘하고 뜨거운 숨결 무장무장 피어오르고, 이 시대 어둠 죄 태우는 저 광장 촛불들 환상을 넘어서 절망을 넘어서, 청맹과니 내 안 미망마저 다 태우고, 저리 푸르

른 보폭으로 오는 것을. 첫새벽 상안초등 지나 다시 새미실

교 건너며 보네.

혈흉血胸이 된 기억 1

—2017년 다이지에서 온 큰돌고래 죽음을 애도하며

신경 쓰지 마 그냥 게임일 뿐이야
3D게임 속 광선 칼싸움 같은

해마다 9월에서 꽃 피는 5월까지
일본 와카야마 돌고래마을 다이지 만
저 눈부신 그랑 블루 파도
온화한 표정 뒤 몸 숨기고
강철 작살 쇠갈고리 꼬나들고
납작 엎드린 사냥꾼들
무녀리 솜털 같은 자식 앞에서
엄마 아빠 친족들 돈내기하듯
내려찍고 베어 눕히던 바다
붉은 샐비어 꽃잎 물드는 오후
무간지옥 구사일생 살아남은
그러나 정작 네가 과녁인 건 알고 있니
가장 귀엽고 어여쁜
널 품을 수만 있다면
펄펄 끓는 솥 안인들 마다했을까
넌 에미 애비도 없는 짐승들 꽃놀이패
그렇게 즐기듯 확보한 살점은

연구용이나 도시락 밥반찬일 뿐
그물에 갇혀 마지막 예감하며
뜨겁게 얼굴 부비며 눈물 흘린들
어제 오늘 일이야
사는 게 다 그런 거 아니겠니
세상 숨 더운 것들 중
빈 지갑마저 없는 생이란
저렇게 모조리 장난 같다니깐.

혈흉血胸이 된 기억 2
—2017년 다이지에서 온 큰돌고래 죽음을 애도하며

그들이 오기 전엔
햇볕 푸진 날이면 엄마 아빠 다 함께
수천만 평 광활한 물의 초원
달리고 솟구치고 홍얼홍얼 쏘다녔겠지
한순간 추풍낙엽 낭자한 피비린내
수백수천 생때같은 그 목숨 가운데
오로지 금쪽처럼 간택되었다지
이 넓고 안온한 수족관
어여쁜 짝까지 맞춰줄 생각이었다지만
아비지옥 천신만고 한목숨 보존하고
죽기보다 싫은 알몸 생쇼 끝에 얻은
냉동 고등어 배 채우며
언제 올진 모르지만 쇠창살 밖
저리 등 푸른 생 기다리려 했겠지
허나 보쌈 오는 내내 얼마나
정겨운 이름 애 터지게 불렀으면
조막 가슴이 온통 핏덩이로 엉겼을까
시뻘건 그리움 몸 다 부쉈을까
삼칠일은 고사하고 단 나흘을
못 버텼을까

끝내는 가슴속 꾹꾹 눌러둔
돌덩이 같은 애통 절통
머나먼 저 고향 바다 못 잊어
마침내 몸 버리고 기억 하나 끊어 들고
더듬더듬 길 떠난 것이리.

세상 모든 유선형은

제주를 온통 유채 물들이던 꽃샘 번져
출항도 훨씬 전 초만원이네
크루즈 고래바다여행선
달뜨는 부둣가 연두색으로 부푸는 사람들
고래박물관 아래 돌고래생태체험관 아래
마음은 고래 벽화 신화마을
반구대까지 순례하던 봄날
울주군 삼남면 KTX 울산역 나오는데
길이 34.5m 무게 18t 티타늄 근골 곧추세워
해종일 그리움 발사각도 가늠하는
쇠고래 보네
광장 그득 웅웅웅 퍼덕이던 그 중저음
사위 그윽해진 한밤
생애 내내 쇠고래처럼 향수를 살던 사람
두공부시 강의록 엮는 거실까지 따라와 눕네
장생포 동쪽 봄 바다
육만 구천칠백열네 마리 고래들아
올 여름에도 캄챠카 반도 오호츠크 연안 돌며
울산 바다 향해 망향의 눈시울 붉힐
일백삼십 마리 귀신고래 잊지 말거라

바다에 살면서도 바다가 그리운

저물 무렵

고즈넉한 개운포 정월 대보름이면

온 몸뚱어리 근지러워 풍경처럼

그리움 종소리 울리는 모든 귀퉁이들아

흙바람 불 때마다

곡진하게 파닥이는 연초록들아

세상 유선형은 모두

동족이다 고래다.

지구 별을 사랑한 고양이

해종일 이두박근 어깨 칼 세운 차량

송곳니 드러낸 개 떼처럼

핏발 선 그 눈빛들 휑휑한 저물 무렵

울산광역시 북구 화봉동

시인 김종원네 알전등처럼 따듯한

그 집 건너 보이는

아 건너 보이는 십 차선 길

아니 아니 광장 같은 7호선 국도 가장자리

건널목 어디쯤 푸른 신호등 와도

차량 막무가네 내달리고 그 서슬에

나는 발 동동 길 건너지 못하는데

그곳 바닥 참숯 덩이처럼 으깨어진

다 타버린 참숯 덩이처럼 개개풀어진

그 보았네 아황산가스며 일산화탄소며

번들거리는 휘발유 내음 풀풀거리는 길가

귀때기 시퍼런 풀잎 앞에

입으로만 사랑 속삭이는 것들 앞에

흔적마저 희미한 눈

나를 웃는 검은 고양이

눈썹 하나 깜짝 않는 겨울 하늘

깡마른 등에 다 지고
꽝꽝 언 지구 별마저
한사코 쓸어안는 그 보았네
몇 번을 푸른 신호등 와도
발 동동 길 건너지 못하는데
거기 귀때기 시퍼런 풀잎 비켜서서
끝끝내 더워지지 않는 가슴
너무 안타까웠네.

플라이가이 날리는 여우각시풀이

플라이가이 날리는 여우각시풀이는 상안초등 길 건너, 천곡동 가재골 유적 입간판 너머 산다. 콩콩이 싱거운 아이들, 삼십 분에 오백 원씩 내는 트램펄린 또 놀라고, 진종일 빙글거리며 손짓하는 그와 언제 혼인했는지는 아무도 모르지만, 너머를 넘어보지 못한 사람들에게는, 소꿉장난 같은 그들 내외 남루한 세간, 누드의 해맑은 웃음소리는, 길 건너 학교 까마득한 방음벽만큼이나 답답한 일일지도 모르지만. 트램펄린마저 싱거운 아이들 하나둘 늘면서 가건물 그가 떠나고, 덩달아 일회용 팩 같은 표정만으로 생이 즐겁던 플라이가이가 떠났다. 진종일 빙글거리며 비닐 바람개비 돌리는 그와 언제 혼인했는지는 아무도 모르지만, 입간판 너머 새로 이사 온 한쪽 휠 망가진 자전거랑 산다. 여우각시풀이는, 너머를 넘어보지 못한 사람들에게는 그저 그렇게 별 볼일 없겠지만, 따르릉따르릉 은 종 울리며 신나게 페달 밟는 여우각시풀이는, 스스로 키 세워 너머 본 뒤 잠시도 심심할 새 없다. 여우각시풀이.

모관 운동

사람 속에 더불어 사랑하란 묵자 겸애
대동 세상 꿈꾼 공자와 어디서부터 만날까

화두 쥐고 방바닥 들러붙어
뒤집힌 풍뎅이처럼 손발 버둥버둥 몰입하다
고만 티끌 들어 눈 비비다 눈물 흘리다
애 터지게 용쓰다 불현듯
내가 남 위해 이토록 눈물 흘린 적 있던가
다시 골똘하다가
털어도 먼지 나지 않는 생 아니었음에
쓴웃음 짓다 요번이 몇 휜지
번번이 까먹는 모관 운동 할 때면
언제나 내가 실없이 왔지만
제법 많이 남았다는 생각하다
또다시 하늘 아래 가장 낮은 자세로
종내는 허허실실 겸손하다 경건하다
몸 까뒤집고
뒤집힌 풍뎅이처럼 붕붕거리다 마는.

김추자 생각

천 세대 이천 세대 아파트 뒷길
자전거 전용도로
색색의 운동복 밤낮없이 길 메우면서
밤을 패며 책 읽지 않는다 그들처럼
쿵쿵 심장 터질 듯한 폭풍 하나 없이
탈색된 손등으로 글 쓰다 보면 불현듯
김추자가 그립다 한 곡의 노래 부르면서
온 몸뚱어리로 무대 곳곳
뒷박 소금 쌓아 올리던 그녀 들으면
천길 나락 헤매다가도
덩달아 시뻘게지곤 했는데
질척이는 진창 검정 고무신 호수
물웅덩이마다
올챙이며 미꾸라지들 와글거리던
농로까지 덩달아 시멘트로 얼굴 다듬어
쇠비름 풀질경이 쑥부쟁이마저
눈치 보며 사는 동네
이제 턴테이블 전축도 없는데
나팔바지 그녀 엘피판 닦다 보면

똥 마려운 강아지처럼
나는 자꾸 뒤가 켕긴다.

동천강 둑길 걷다가

호주머니 두 손 찔러 넣고
데굴데굴 귓바퀴 굴렁쇠 모는
새 떼 소리 앞세우고
천곡서 입실 질러가는 강둑 걸었다
느긋한 나락 봉긋한 가슴마다
탱글탱글 제 살내음에 취해
비틀거리는 오후, 일지리버 앞길
삼삼오오 집으로 가는
꽁무니 물고 건너는 순간
꿈틀, 희미하게 여리게
물끄러미 물끄러미
길들은 외면하듯 휘어지는데
컴컴한 아스콘 바닥 긁듯 엎드려
너무 헐거워진 바지처럼 희끄무레
구겨진 족제비
미처 싸안지도 못한 속
뜨겁디뜨거운 마음 위로
자동차 머플러 납품 트럭 가네
개나리색 유치원 버스 가네
일렬로 손들고 건너던 조무래기들

고무공 차듯 몰다 버리네
그 순간
아, 또다시 꿈틀, 여리게 희미하게
사생결단 갓길 언저리 쥐고
비로소 몸 식히던 매운 영혼을
모두가 물끄러미 휘어지던 귀퉁이
보고 말았네
호주머니 손 찔러 넣고 걷다
속수무책 나동그라진 나를.

깜깜할수록 더욱 빛나는 시어들

구모룡(문학평론가)

시집의 첫머리에 놓인 「방어진 바다」가 오래도록 읽는 이의 마음을 붙든다.

마음 끝까지 키를 세우네 일어서네 그대

일어서서 참으로 빈 마음일 때 아아 몸 눕히네

그대 더운 몸 눕히네

해종일 그리운 언덕은 안중에도 없는지

발아래

발바닥 아래

소금으로 드러누워 반짝일 뿐이네

봉두난발 일상을 향해

젖은 발 하나 들어 올리면

매운 발바닥 선한 얼굴이

핏발 선 나를 가만히 보네

핏발 선 내가 가만히 보네

볼수록 순순한 소금빛 지느러미들

그러나 그대 말하지 않네

일몰이면 왜 이리 무수한 칼날로 나를 덮치는지

그대 말하지 않네

깜깜할수록 더욱 눈부실 뿐이네.

—「방어진 바다」 전문

　저무는 바다를 바라보면서 이토록 간절한 마음을 표현할
수 있을까? 1연에서 화자는 감정이입을 통하여 시적 대상과
교응한다. 낮에서 밤으로 가는 길목의 바다는 화자에게 마
음과 몸이 하나인 "소금으로 드러누워" 반짝이는 형국으로
지각된다. "빈 마음일" 때 "더운 몸"을 눕히는 바다의 모습
에 화자의 갈망이 배어있다. 그래서 시적 대상이 바라는 바
의 자아인 "그대"로 호명된다. 단순한 감정이입을 넘어선 정
신주의가 투사된 양상이다. 이는 "핏발 선 나"가 "매운 발바
닥 선한 얼굴"을 한 이상적 자아와 대면하는 2연에서 더욱 뚜

렷해지고, 3연에 이르러 저무는 바다에서 "순순한 소금빛 지느러미들"을 인식하는 과정으로 이어진다. "일몰이면" "무수한 칼날로 나를 덮치"는 빛이 시적 자아를 비춘다. 외부의 풍경에 감응하면서 삶에 대한 새로운 자각을 예감하는 대목이다. 이래서 "깜깜할수록 더욱 눈부실 뿐이네"라는 결구가 주는 내적 울림이 크다. 이는 단순하고 즉각적인 수사가 아니라 경험적 주체의 내부에서 체득된 구체적인 생명 의식이 표출한 역설이라 할 수 있다.

「강물이 흘러가는 법」은 「방어진 바다」에서 보인 역설의 의식형태를 다른 양상으로 나타낸다. 강물이 흘러가는 법에 대한 '나'와 '당신'의 인식의 차이를 통하여 시적 화자는 존재론을 부각한다. 이 시에서 '당신'은 일몰의 강물을 감탄하거나 "휘황한 강물 소리 젖어/ 온통 눈멀고 귀 멀어" 동화되는 감정 양식을 지닌다. 이에 반해 나는 강물의 내력을 알 뿐만 아니라 흐르는 시간 속에 내재하는 상처와 희망을 두루 이해한다. 왜 그럴까? "몸 디민 곳마다 화약내 풀풀거리는 나날"의 경험 때문이다. 어둠 속에 빛이 있고 빛 속에 어둠이 있음을 아는 화자의 입장이기에 초저녁 노을이 비친 강물을 마냥 찬미하는 데 그치지 않는다. 오히려 고통의 밤을 지나 "단 한 번도 돌아보지 않던/ 강물마저 부여안고/ 세상 건너 세상이던 물안개/ 마침내 십리대밭 너머/ 저 청아하고 유유한 아침이던 걸" 이미 지각한다. 지장보살의 서원이 있듯이 인간의 삶은 "검은 비닐봉지"처럼 가엽고 비참하지만, 저녁 속에 새벽이 있고 어둠 속에 희망이 있음을 화자는 이미 체득하고 있다. 「강물이 흘러가는 법」은 시의 처음과 끝에 수미상응하게 "애 저녁에 다 알아버렸네요"라는 구절을 배치하여 삶과 사물을 이해하고 인식하는 시인의 입장을 잘 보여 준다. 사물과 풍경을 자기중심의 감정으로 환원하는 태도를 "청맹과니"에 비유하면서 감정이입을 넘어 공감하고 함께 생성하는 데 이른다.

시집의 첫 편인 「방어진 바다」가 사물을 지각하는 자아의 태도를 말하고 있듯이 시집의 마지막 편인 「모관 운동」도 타자와 세계를 향한 자기의 입장을 표출한다.

사람 속에 더불어 사랑하란 묵자 겸애
대동 세상 꿈꾼 공자와 어디서부터 만날까

화두 쥐고 방바닥 들러붙어
뒤집힌 풍뎅이처럼 손발 버둥버둥 몰입하다
고만 티끌 들어 눈 비비다 눈물 흘리다
애 터지게 용쓰다 불현듯
내가 남 위해 이토록 눈물 흘린 적 있던가
다시 골똘하다가
털어도 먼지 나지 않는 생 아니었음에
쓴웃음 짓다 요번이 몇 흰지
번번이 까먹는 모관 운동 할 때면

언제나 내가 실없이 왔지만

제법 많이 남았다는 생각하다

또다시 하늘 아래 가장 낮은 자세로

종내는 허허실실 겸손하다 경건하다

몸 까뒤집고

뒤집힌 풍뎅이처럼 붕붕거리다 마는.

—「모관운동」 전문

　"사람 속에 더불어 사랑"하고 "대동 세상"을 꿈꾸는 일은 1
연처럼 "묵자"와 "공자"에서 비롯하지만, 시인이 견지해 온
오랜 화두가 아닌가 한다. 안성길 시인의 시 쓰기는 새로운
세상에 대한 희망에서 발원한다. 엄혹한 1980년대의 상황에
서 시는 눈앞의 사물을 끌어들여 감정을 표상하는 서정에 머
물 수 없었다. 그보다 지금—이곳에 아직 없는 세계를 껴안
는 새로운 서정이 희망의 원리가 되었다. 인용한 「모관 운동」
은 시인의 시적 역정이 신서정 시학으로 일관하였고 심화하여
왔음을 방증한다. 시 속의 화자—주인공은 건강 문제로 "모관
운동"을 하면서 많은 상념에 사로잡힌다. "겸애"와 "대동 세
상"이라는 화두를 부여잡고 누워 손과 발을 천장을 향하면서
혈액의 순환을 돕는 운동을 하는 시 속 주인공의 정황이 예사
롭지 않다. 자신을 "뒤집힌 풍뎅이"의 처지에 견주면서 "내가
남 위해 이토록 눈물 흘린 적 있던가"라고 비통한 심정을 표

출하는 데 이르러 고통과 사랑의 의미를 새롭게 인식하게 된다. 화두로 삼고 살아왔던 공자와 묵자의 정신이 관념에 지나지 않을 수 있다는 자각이다. 이러한 자각은 고통받는 몸의 경험(felt-experience)에서 시발한다. 자기의 고통은 언어를 가로막고 타자를 차단한다. 이웃과 세상을 향한 관심을 회수하고 다시 자기만의 방에 갇힐 수 있다. 하지만「모관 운동」은 이처럼 자기애로 귀환하는 자아에 저항하면서 '또다시' 새로운 사랑을 발명하는 시적 주체로 거듭나려는 의지를 드러낸다. "또다시 하늘 아래 가장 낮은 자세로/ 종내는 허허실실 겸손하다 경건하다"고 흐트러진 마음을 다잡는다. 몸을 지닌 인간에게 고통은 공유 불가능하다. 오직 자기의 고통을 통해 타자의 고통을 이해하는 언어를 찾을 때 새로운 차원의 사랑을 얻는다.「모관 운동」의 시적 화자가 이러한 경계에 있다.

「모관 운동」이 그렇듯이 시인은 여러 편의 시에서 고통받는 몸에 대한 경험적 진술을 거듭한다. 가령「어떤 걱정」과「내도」에 "인공신장실"에 관한 이야기가 나온다. 이는 "나가던 대학도 그만두고, 병원과 시민학교만"(「아주 숭악한 나이」) 오가는 사정과 이어진다. 세 편 모두 고백적인 어법으로 시인이 겪고 있는 질환과 그에 따른 고통과 고독 등을 진술한다. "지상에 살아남아 더운 숨 몰아쉬는 외로움"(「어떤 걱정」)을 느끼면서 삶에 대한 보다 민활한 지각을 나타낸다. 타자와 사물, 일상과 생활을 선연한 생의 감각으로 받아들인다. 가족 이야기를 담은「당나귀 귀를 달며」가 말하듯이 무생물에서조차 따

스하고 부드러운 생명을 발견하게 된다. 그만큼 몸의 고통을
넘어 주변을 보다 섬세하게 지각하고 있다.

아파트 화단 봄비에 몸살 앓는

연꽃동백 아랫도리

누가 분갈이 끝에 내다 버린

흙 더미 스며들어 출가한 난초 한 분

향 어린 동백 가지 그늘로 봄 가리고는

아직 동안거라 그런지

따끔따끔 꽃샘에도 묵언수행 중이다

행색은 적수공권 납자지만

안온한 삶 끊은 그 마음 이미 부처다

참으로 부처로구나 하는데

누더기 걸랑에 꽃대 하나 얼핏 보여

요 며칠 눈치보다

조심조심 양지로 옮겼더니

정성이 괘심했던지

아나 하고 향낭 하나 끊어 던지며

통성명 하자신다

그게 너무 황감했던지

썩은 감자 자루 같은 몸이며 얼굴

얼김에 연꽃동백 꽃물 들쓰고

오후 내 화끈화끈하다.

　　　　　　　　　　　　　—「연꽃동백 꽃물 들쓰고」 전문

　분갈이 끝에 아파트 화단에 버려진 난초 하나를 만나는 장면이다. 난을 "적수공권 납자"에 견주면서 "안온한 삶 끊은 그 마음 이미 부처"라고 진술하는 대목에 이르면 화자의 깊은 감정이입과 만날 수 있다. "썩은 감자 자루 같은 몸이며 얼굴"을 한 화자와 버려진 난이 대응한다. 여기에 초봄이라는 계절의 분위기도 관여한다. 봄비가 내리고 꽃샘추위도 여전하다. 이러한 사정에도 불구하고 꽃대를 올린다. "누더기 걸랑"을 "향낭"으로 바꾸었다. 양지로 자리를 옮겨 주는 화자의 행위에 반응하는 난은 대대待對의 관계로 화자와 연결된다. 상호 교응하고 생성한다. 이처럼 생명의 기운이 교류하는 가운데 축복처럼 "연꽃동백"이 서 있다. 병환을 겪은 화자는 "얼김에 연꽃동백 꽃물 들쓰고/ 오후내 화끈화끈"한 기쁨에 들뜬다. 몸과 외부의 사물을 병치하는 이와 같은 시법은「빈 잔을 만나다」에서 "모래알 빼곡한 몸"과 "비어있는 잔"의 병치로 표현된다. 갈증을 느끼는 몸은 "빈 물컵"과 다름이 없으니 채움이 아니라 비어있음이 바탕이고 아름다움이라는 생각에 이른다. 이처럼 시인은 생성의 근원이 보이지 않는 생명의 흐름 속에 있음을 말한다.

　나 이제 산 너머 산 보이네

몇 개의 햇살에

소근소근 귀 세우는 동천강 가슴팍

걷은 소매 풀어 내린 지도 오랜 들녘이

잠을 청하고

그 너머 앞산 선한 속눈썹마다

물살 이는데

강둑 달맞이꽃 빈 대궁이

때아닌 싹 틔우네

알전등 무늬 불빛 한 점 없어도

강의 따스한 동심으로 발 돋우는 별처럼

풀씨마다 둥근 물소리 엿듣는 그대여

늙은 물관부 그득

청푸른 잎사귀 꿈꾸는 달맞이꽃은

십일월 삭풍 잊은 것이 아니네

달덩이 같은 첫사랑 못 잊어서도 아니네

흘러오고 흘러가는

저 강물처럼

그저 산 너머 산 보이기 때문이네.

—「흐르는 강물처럼」전문

이 시에서도 화자의 눈길이 가는 대상은 "십일월 삭풍" 속

에서 "때아닌 싹"을 틔우는 "달맞이꽃"이다. "늙은 물관부 그
득/ 청푸른 잎사귀 꿈꾸는 달맞이꽃". 화자의 감정이 투사된
대상임에 틀림이 없다. 그런데 화자가 말 건네는 대상인 '그
대'가 누구일까 궁금하다. 경이로운 만남이라는 점에서 그대
는 "달맞이꽃"이라 할 수 있다. "알전등 무늬 불빛 한 점 없
어도/ 강의 따스한 동심으로 발 돋우는 별처럼/ 풀씨마다 둥
근 물소리 엿듣는 그대여"라는 구절을 다른 연으로 분리하였
다면 대상은 단일하다. 이보다 행으로 이어놓음으로써 '그대'
는 시인의 내적 자아라고 해석할 수 있는 소지를 남긴다. "풀
씨마다 둥근 물소리 엿듣는" 이는 화자 자신이기도 하다. "산
너머 산"이나 "흘러가는/ 저 강물처럼"이라는 시구가 말하듯
이 사물의 특이성조차 대생기大生氣의 소산이라는 생각이다.

　아픈 몸과 마음, 추억과 섬세한 감수성, 타자에 대한 공
감과 사랑은 안성길의 시를 형성하는 얼개들이다. 삶이 사람
들 간의 의존 관계이며 사물들은 서로 연결되어 있다는 생각
은 지금─이곳과 다른 세상을 꿈꾸던 초기 시의 지평이 확장
된 귀결이다. 이 과정에서 아픈 몸의 경험이 개입한다. 그는
몸의 고통이 초래할 수 있는 자기중심의 감성을 극복하고 끊
임없이 타자와 사물과 교감하는 감수성의 영역을 개진한다.
시인에게 생성과 신생은 어떤 의미에서 시적 지향의 궁극이
다. 단절과 소멸이 아니라 버려진 주변에서 희망이 싹트는 과
정에 관심을 보낸다. 즉각적인 느낌의 이미지보다 "오래 씹
은 밥알"(「곁을 보다」)같이 내적 숙성을 거듭하면서 내면과 외

부의 합일을 얻는다. 따라서 모든 시어와 이미지에서 상응하는 생애의 흔적이 묻어난다. 예를 들어 "내 쇠가죽 텅텅 두들겨보던 물살/ 만추 질러온 그 푸르고 매운 소문에/ 깜짝깜짝 노랗게 않는 소리/ 때늦은 달맞이 꽃대 등 달아/ 이제 겨우/ 십일월인걸"(「십일월 풍경」)과 같은 구절이 그렇다. 앞서 언급한 「흐르는 강물처럼」과 유사한 의미 계열인 이 시에서 시적 자아와 주변 사물이 상호 생동하는 풍경을 확인하는 일이 어렵지 않다.

안성길의 시에서 나타나는 개성적인 율동(rhythm)은 그가 지닌 생 감각의 표출이라 할 수 있다. "그래 그런가"로 시작하는 네 개의 연으로 구성된 「해 저무는 개운포에서」는 현실에서 추억을 거쳐 미래를 기원하는 과정을 리듬을 살리면서 진술한다. '몸'에서(1연) 풍경으로(2연) 풍경의 배후인 추억으로(3연) 갔다가 다시 자아로(4연) 돌아오는 회로를 지녔다.

그래 그런가

소문에 몇몇은 벌써

태초에 떠나온 그곳 심해로

서둘러 돌아가고

나 또한 얼마 후면

그 뒤 따르겠지만

나 갈 때는

일생이 오로지 수직이던

저 십리대숲 혼신으로 빠져나온

청 댓잎 쪽배 하나

어깨동무하고

저물 무렵

개운포 앞바다

함께 닻 묻어놓고는

고즈넉한 풍경 물 들어

누렁 호박 앉은자리서 물러앉아

바글바글 수많은 미물과

몸 나누듯

그렇게

펑퍼짐하게 잠들고 싶다.

—「해 저무는 개운포에서」부분

　시인의 리듬 운용에 대한 정교한 분석이 뒤따라야 하겠지
만 서술시를 비롯한 대부분의 시편에 특유의 리듬이 작동한
다. 반복과 완급을 거듭하다 마지막 연의 결구에 이르러 "고
즈넉한 풍경 물 들어"라는 구절의 이완과 더불어 많은 변주가
이뤄진다. '물들어'가 아니라 '물 들어'로 표기한 사실도 주목
을 요구한다. 물처럼 스며드는 풍경의 의미를 강조하려 함이
다. 시의 율동을 형성하는 데 노래에 대한 시인의 취향도 관
여하였으리라 생각한다. "김추자"(「김추자 생각」), "김광석"(「빈

집」), "강허달림"(『정구지꽃』) 등, 가수의 삶과 노래를 시로 이끌어 들이기도 한다. 리듬으로 시적 의도를 상승시킨 시로 「옥현 사람들 저기 오시네」를 들 수 있다. 울산 옥현동 선사유적지 사람들을 현대로 불러내는 형식으로 개발로 파괴된 자연과 공동체의 복원을 갈망한다. 이럴 때 리듬은 저항과 생성의 에너지로 전화한다. 요컨대 율동에 민감한 안성길의 시는 생명의 운동에 민활하다. "수많은 미물"도 놓치지 않고 활동하는 자연의 기운에 몸을 열어둔다.

돌아봄의 의식은 회귀와 퇴행이 아니라 순수한 경험을 되살려 지금의 자아를 반성하는 기제로 삼는다. 서정의 본령은 이처럼 돌아보는 감정 양식이다. 안성길의 시는 많은 추억을 노래한다. 고향과 유년 그리고 가족에 대한 시적 진술이 유난하다. 이는 몸 경험에서 유인되기도 하지만 자아로 퇴거하지 않으려는 의지와 연관된다. "은어 떼처럼 파닥이던"(『다시 메일꽃 필 무렵을 읽으며』) 시절과 "첫사랑"(『곱단이 복분자』), "가슴 저리던 그때"(『그리운 사람에게 1』), "순백의 소금 기둥처럼 반짝이던 별빛"(『방어진 솔숲 아래 대왕암 가다 보면』)의 기억은 모리스 블랑쇼가 말한 바 있듯이 생애 전체를 통어하는 이미지들을 지닌다. "참으로 완강하게 한세상 버팅긴 아름다움"(『방어진 솔숲 아래 대왕암 가다 보면』)이기 때문이다. 시인은 추억을 소환하면서 현실의 삶을 반추한다. 어머니가 가신 산길에서 "유서도 없이, 타다 만 번개탄과 지문이 거의 뭉개진 두 손 고요히 접고" 죽은 이를 병치하고 있는 「어머니의 꽃가마」를 만날 때 그렇다. "저 들녘 쑥부쟁이보다 투명했던" "아우"의 생애를 되새기면서 "이 땅에서 착하게만 산다는 것의 의미"를 생각하는 「음력 구월 구일」의 태도 또한 시인이 기억을 소환하는 방식이다. 「아버지는 귀신고래」에서 불법 포획된 고래 보도를 접하면서 시적 화자는 아버지의 환영을 본다. "번들대는 폐유며 송유파이프 그득한 개운포/ 물새 떼처럼 떠도는 스티로품에 떠밀려/ 금강산 장전항 더 먼 바다나 떠돌며/ 망향의 붉디붉은 속울음 삼키는/ 귀신고래였다 세상이 암만 등 떠밀고 떠밀어도/ 남동 해역 저 청정의 봄날/ 끝끝내 믿으며 아득한 바다 사는/ 어쩌다 조간 펼치면/ 불법 포획 들쓰고 기우뚱기우뚱/ 고주망태처럼 술고래처럼/ 시뻘겋게 걸어 나오는 아버지". 고래는 아버지의 열망과 방황 그리고 좌절을 말하기에 적합한 표상으로 수용된다.

안성길은 사물과 풍경을 통해 생의 감각을 확인하는 한편 가족과 이웃 그리고 타자를 통해 삶의 구체적인 실감을 표현한다. 아버지와 어머니에 관한 시편과 더불어 가족이 실명으로 등장하는 시편도 여럿이다. 「당나귀 귀를 달며」 「격포는 멀다」 「솔거미술관 가서」 등이 그렇다. 애틋한 가족애와 가족을 향한 시인의 간절한 마음을 담고 있다.

아름다운 청년 전태일을 본다. 지난 밤까지 샤론 스톤의 허리 수시로 자지러지던 그 입간판에 덧칠로 완성된 그의 생애를 본다. 힐끔힐끔 떨어지는 바람을 쓸며, 일제히 스크럼을 짜고 달려오는 토요일 오후 첫 상영의 부저 소리. 오지 않는 아내의 초보 운전에 지친 나를 휘감아 조른다. 머리칼처럼 헝클어지는 마음 엷은 호주머니에 감추고, 아름다운 그의 어깨 너머 낡은 창틀에 켜켜이 쌓인 비둘기 똥을 본다. 하릴없이 구두 바닥 두들기는 깡통의 살 떨림을 음미하며, 온화한 지아비는 허술한 입간판의 더께와 더께 사이를 헤맨다. 며칠이면 또 희게 지워져 더께가 될 아름다운 청년 전태일이여. 사람들이 하수구 겨누며 껌을 뱉거나, 백화점 깜짝 세일로만 솔깃솔깃 귀 세운다고 슬퍼하지 마라. 그대가 누더기 평화 기우며 행복에 젖을 때, 그들 또한 양파 껍질 같은 일상 헤집으며, 늦은 저녁에도 다 함께 함박꽃 피우던 것을. 아직도 차량의 행렬과 행렬에 갇혀 조바심치고 있을 아내여. 아름다운 입간판으로 얼굴 가린 비둘기들에게 언제라도 무심한 발바닥이 되어주는, 이 가을 햇살처럼 너그러운 똥의 두께 가늠해 본다. 언젠가 나도 켜켜이 쌓인 비둘기 똥이나, 끝끝내 더께로 남을 저 입간판의 어느 행간쯤에, 발 뻗고 누워 남김없이 지워지는 더께가 되고 싶다.

—「아내를 기다리며」 전문

　시 속의 화자와 실제 시인을 동일 인물로 보아도 무방한 시편이다. 초보 운전인 아내를 기다리면서 영화관 간판에 덧칠로 그려진 "아름다운 청년 전태일"을 생각한다. "양파 껍질 같은 일상"의 무게를 아는 시인에게 덧칠되는 삶의 모순은 구체적인 현실이다. 이념의 추상이 아니라 현실의 구체로

부터 삶을 이해하려는 태도가 온화하고 나직한 어조의 시적 발화로 표출되고 있다. 이는 "아름다운 청년 전태일"의 생애에 대한 부정이 아니며 그의 생애를 덧칠하는 세상을 바로 보고 바로 말하려는 시인의 입장과 연관된다. 전태일을 생각하는 마음이나 아내를 기다리는 자세에서 시인은 한결같은 간절함을 견지한다. 마음의 간절함과 일상과 생활이 어긋나지 않는 표정이다. 이는 시의 결구가 말하듯이 삶에 대한 시인의 낙관과 달관에 기인한다. 사람에 대한 간절함은 「어느 냄비의 고백」에서 잘 드러난다. 민주화를 외치며 투신한 친구인 '고현철'을 떠올리고 지진으로 재난을 입은 사람들을 말하면서 "또다시 세월호 돌고래호 앞에 망연자실"한다. "어느 날은 엎드린 아일란 쿠르디"를 보면서 난민을 걱정하지만 "눈두덩 또 더워오고/ 엷디엷은 눈시울만/ 언제까지/ 너는"이라고 탄식한다. 덧칠되는 역사와 부조리하고 모순된 현실에 대한 부정의지가 실천적 수행으로 나타나지 못함을 안타까워하고 있다. 그만큼 시인은 "버려지거나 우회하는 것들/ 저 뜨거운 중심"(「솔거미술관 가서」)을 다 보고 있다. 사물과 사람을 경애하는 마음을 지니고서 다 함께 사는 공환(conviviality)의 꿈을 포기하지 않았기 때문이다.

"보살행"과 "서로의 빈 몸 곰삭여 이루는/ 세상 가장 아름다운 사랑"(「지금쯤 호계리 빈 들녘 가면」)은 시인의 삶에 내재한 지속의 물줄기로 살아있다. 시인은 말한다. "연두색 미나리 순/ 주체할 수 없이 부풀어 오르던/ 한 시절은 앙가슴 꼭꼭 눌러 두고/ 물러앉아 부산하던 몸 가라앉고 가라앉으면/

이처럼 마음 단단하게 오그릴 수 있구나"(「실금 하나」). 시인
은 또 말한다. "저물 무렵/ 고즈넉한 개운포 정월 대보름이
면/ 온 몸뚱어리 근지러워 풍경처럼/ 그리움 종소리 울리는
모든 귀퉁이들아/ 흙바람 불 때마다/ 곡진하게 파닥이는 연
초록들아/ 세상 유선형은 모두/ 동족이다 고래다"(「세상 모든
유선형은」).

천년의시인선